JN319082

秘蜜調教

Akari Kizaki
稀崎朱里

Honey Novel

Illustration

氷堂れん

CONTENTS

第一章　美しい訪問者

十九歳の誕生日から十日目の朝のことだった。

朝の祈りの前に施設の院長に呼ばれ、レオニダ・アプレーアは一番奥にある分厚い扉をノックした。

「レオニダです」

「ああ、ご苦労様。入りなさい」

どうしてなのか、院長の声が上擦《うわず》って聞こえる。

レオニダは小さな声で頷《うなず》き、扉を押し開けた。

その瞬間、鼓動が爆《は》ぜ飛《と》ぶくらいに大きく、とくんと鳴った。

部屋のほぼ中央、背が高く細身の男性が院長と対峙《たいじ》していた。襟元と袖口《そでぐち》に金糸の刺繍《ししゅう》を施した丈の長い真っ白の上着がよく似合っている。滑らかで艶《つや》やかな肌、豊かに波打つ金色の髪、長い睫《まつ》毛《げ》に包まれた完璧《かんぺき》なアーモンド形の翡翠《ひすい》色《いろ》の瞳《ひとみ》。小鼻の薄いまっすぐな鼻梁《びりょう》。

ひどく姿勢もよい。

彼の美しすぎる立ち姿は発光しているみたいに眩《まぶ》しく、威圧的ですらあった。

なんとなく襲いかかられるような感覚を覚えて、レオニダは倒れまいと咄嗟《とっさ》に両手で扉を摑《つか》んだ。

「どうした、レオニダ？　どこか具合でも悪いのかな？」

「あ、いえ……大丈夫です」

ぎくしゃくと頭を左右に振り、レオニダはゆっくりと二回深呼吸をした。

扉越しにそうっと視線を上げる。やはり眩《まばゆ》い光がそこにある。

（素晴らしく綺麗《きれい》な人……）

修道院の礼拝堂に飾られたキリスト像を見上げたときの感覚に似ている。いや、それよりも衝撃的だ。ひとりの男性がそんな神にも似た光を放つなんて。

院長先生やシスターも素晴らしい人たちだけれど、こんなふうに周囲を圧倒したりはしない。

レオニダはごくりと唾《つば》を飲み込んでから、丁寧に頭を下げて、院長室に足を踏み入れた。

慣れているはずの場所なのに、ふわふわと雲を踏んでいるみたいに頼りない。

非日常の存在がそこにあるだけで、こんなに違うものなのか。

しかも、彼はレオニダの一挙手一投足を見逃すまいとばかりに、ずっと眺め続けているからら余計に緊張してしまう。同じ側の手足が出ていないか、いびつでおかしな動きをしてはいないか。思考がかっとなってまとまらない。

「レオニダ、こちらへ」

院長が穏やかに手招きする。

レオニダはさらにぎこちなく頷いて、ふたりのほうへ足を進める。美しい彼は相変わらずレオニダを凝視したままだった。

見つめているなどという生易《なまやさ》しいものではない。本当に凝視だ。視線が少しも外れない。鼓動がこれ以上はないほどに昂《たか》ぶって、膝《ひざ》や指先ががくがくと震えている。

「こちらはヴィルジリオ・カルレッティ侯爵」

「……侯爵さま？」

修道院の施設のこんな奥まったところまで、貴族がやってくることは珍しい。恵まれない子どもたちに施しを、などと気まぐれを起こす貴族夫人もごくまれにいるが、その場合も来《らい》賓《ひん》用の応接室までしか入らない。

レオニダは訝《いぶか》しさに首を傾《かし》げる。

(侯爵さまがこんなところまで……なんのご用かしら)

美しい侯爵の眼差《まなざ》しの強さに怯《ひる》みつつも、レオニダは考える。施設の中以外を知らないレオニダがいくら考えても答えなど出ないけれど。

「こんにちは。レオニダ」

ヴィルジリオ・カルレッティ侯爵はやんわりと微笑《ほほえ》んで、いきなりレオニダの手を摑んだ。

「えっ……」

この程度の動きでも甘い香りがする。滑らかな手のひらに包まれて、レオニダはどう反応していいのか、しばし惑った。

水仕事や野良で荒れた手を摑まれているのは恥ずかしい。でも、慌てて引っ込めるのも侯爵相手に無礼だと思う。同じ貴族同士ならともかく、レオニダは庶民の中でも底辺の立場だ。物心がつくかつかないかのうちに両親と死に別れ、神さまと富裕層のお情けに縋《すが》りつくようにして生かしてもらっている。

少しでも自分より上にいる人間に抗《あらが》うなんてことは許されない。きっとしてはいけない。ヴィルジリオに摑まれたレオニダの指先がぴくんと跳ねた。ヴィルジリオがなぜか愉快そうに笑った。

「やはり、間近で見ても美しいね」

感慨深げに呟《つぶや》いて、ヴィルジリオはレオニダの中指に唇を寄せた。ちゅっとキスをして、上目使いにレオニダを見る。甘やかな吐息が手の甲を過《よぎ》る。

ぞくりとするほど美しく扇情的な瞳だった。鳩尾《みぞおち》から下腹部にかけて、落ち着かない疼《うず》きが滑り抜ける。右足の付け根あたりが痺《しび》れる。

「あなたなら大丈夫だ」

「とおっしゃいますと……？」

「期待しています」

謎《なぞ》めいたヴィルジリオの言葉に、レオニダはまた首を傾げた。ヴィルジリオは双眸《そうぼう》を細めて、身体《からだ》を起こす。唇や吐息は離れても手は包まれたままだった。ヴィルジリオからは相変わらず甘い香りがしている。背筋に切ないような震えが走る。また下腹部が疼いた。妙な湿り気めいたものを感じる。

「カルレッティ侯爵さまは、レオニダに屋敷に来て欲しいそうだよ」

傍らでふたりの様子を眺めていた院長がヴィルジリオの言葉の足りない部分を補填《ほてん》したが、その内容はあまりにも思いがけないもので、レオニダは驚きの声さえ漏らせなかった。呆然《ぼうぜん》としてヴィルジリオと院長を交互に見やる。視界が揺れている。

「とても素晴らしいお申し出だ。レオニダの意思を大切にするけれど、すぐにでも行くべきだと先生は思うね」

院長は懸命に穏やかで鷹揚《おうよう》な様子を繕おうとしているけれど、声のあちこちが縺《もつ》れ、裏返る。レオニダの意思など尊重されはしない。もっとも、端《はな》からレオニダだって、こんなよい申し出を断るつもりもない。どう転んだって、いま以下の暮らしに落ちることなどないのだ。

「先日の奉仕作業中のあなたを見て、あなたしかいないと思いました」

ヴィルジリオはもう一方の手も添えて、レオニダの指先を挟むようにして自らの口元に持っていった。形よい唇に中指と薬指が触れる。

「あ……」

たとえようのない熱が身体中を駆け巡る。疼くように下腹部が濡《ぬ》れる。

レオニダは咄嗟に身体を竦《すく》め、指先にまで力を込めた。まだヴィルジリオの唇が触れている。手のひらも唇もひどく優しい。でも熱くて逃れられない。切なくて苦しい。

「あなたを着飾らせて、私の手元に置きたいのです」

ヴィルジリオが甘く囁《ささや》く。唇の動きに指が吸い込まれそうで、レオニダはより力を入れた。固まった指先がヴィルジリオの唇を掠《かす》めて蠢《うごめ》く。

「すべてに満ち足りた暮らしの中でもっと美しくなってもらいたい。そのプラチナブロンドも深い青い瞳も、その肌も磨けば磨いた分だけ美しく輝くはずです。私はその過程を見守っていたいのです。美味《おい》しい食事に豪華で華やかなドレス、極上の音楽や本やダンス……すべてを用意しますから、遠慮なく身に着けて私の傍《そば》にいてください」

ヴィルジリオはぎゅうっとレオニダの指先を握り締め、この世のものとは思えないほど美しい笑みを浮かべた。見惚《みと》れない者などいないであろう完璧な表情だ。レオニダも完全に視線と意識を奪われてしまった。

鼓動が痛いほどに跳ねる。

(なんて……ほんとになんて美しい侯爵さま)

思わず漏れそうになる感嘆の溜息《ためいき》を押し潰《つぶ》して、レオニダは小刻みに瞬《まばた》く。そのたびにヴイルジリオを覆う強烈な光に射貫《いぬ》かれる。やはり礼拝堂で祈りを捧《ささ》げているときの感覚に似ている。

(この方は神さまのいらっしゃるところからいらしたのだわ)

レオニダは小さく深呼吸して、ヴィルジリオをもう一度見つめ直した。

金色の髪、翡翠色の瞳、白く滑らかな頰《ほお》、形よい唇、尖《とが》った顎《あご》、しなやかな首筋。白い上着に包まれた身体はとても姿勢がよく、手足が長い。

(そして、こんなに美しい方が私に傍に来て欲しいと言ってくださっている。見初《みそ》められたということでいいのよね？　ああ、なんて素晴らしいの)

レオニダはまさに天にも昇る気持ちだった。

さり気なく、ヴィルジリオに包み込まれた指先を折り曲げ、握り返すような形を作った。白く滑らかなヴィルジリオの肌は絹に似て、とても優しい。

「いらしていただけるんですね？　レオニダ」

レオニダの指先の反応に気づいたのか、ヴィルジリオの頰にこれまで以上に明るく美しく華やかな笑みが浮かび上がる。

その美しさにますますレオニダは高揚した。

(本当になんて素晴らしいの)

生まれてはじめて乗る馬車は白馬の四頭立てで、中にはヴィルジリオの瞳の色によく似た翡翠色の天鵞絨《ビロード》が敷き詰めてあった。

施設を出るときには、ヴィルジリオが前もって用意してくれていた淡い緋色《ひいろ》のエンパイアドレスに着替え、履き慣れない華奢《きゃしゃ》な踵《かかと》の靴を履いた。施設の入り口から馬車までの短い距離でさえ転びそうな頼りなさに、当たり前のようにヴィルジリオが手を貸してくれて、改めてレオニダは自分が「見初められた」のだと実感した。ヴィルジリオはあくまでも優しく美しかった。

幼い子どもたちや容姿の優れた娘たちが望まれて施設を出るのに置き去りにされて、レオニダはとうに自分が幸せな状態であそこから出ていくことを諦《あきら》めていた。

白馬の王子さまなどいやしない。私は施設の中で朽ち果てるのだ——そう何十回も思った。

それなのに、こんな素晴らしい人が迎えに来てくれるなんて。

レオニダは馬車で向き合って座るヴィルジリオを幾度も盗み見る。そのたびに、ヴィルジリオは視線に気づいて、うっとりとするような微笑みを浮かべてくれる。レースやフリルに飾られた色とりどりのドレスに身を包み、こんな美しい人の横に立つ自分をふっと想像してみる。腕を組んで、夜会に出てワルツを踊る。

ベッドだってふかふかだろうし、食事やお菓子もきっと明日のことや他の子どもたちのことを心配せずにたっぷり食べられるだろう。貴族の食事もお茶菓子も想像すらつかないけれど。ああ、そうだ。以前慈善家の夫人が話してくれたお芝居とかオペラとかに連れていってもらえるかもしれない。話に聞くだけでも夢見るようだった華やかできらびやかな空間に、この人とともに行ってみたい。

もう考えるだけで憧《あこが》れと期待ではちきれそうだ。

「緊張していますか？」

優しく包み込む口調で訊《き》かれ、レオニダは思いきり首を横に振った。脳裏を占めていた眩しい想像を追い払う。

「それならよかった。実際怖いことなどありませんから。むしろいいことばかりですよ」

ヴィルジリオが一際艶やかに笑む。形よい口元がひどく扇情的で、鳩尾の下のほうがちりちりと疼いた。

「レオニダ」

不意にヴィルジリオがレオニダの右手を摑む。びくっとして引きかけたレオニダの指先をぎゅうっと握ってくる。

熱い手のひら。

鼓動が強く跳ねる。

レオニダは恐る恐るヴィルジリオを見やった。ヴィルジリオはさらに甘く美しく微笑む。

レオニダが知っているどんな美しいものと引き比べてもヴィルジリオが勝つ。

そう思えるほどに端整だった。

「本当に感謝します。あなたが了解してくださって、私は幸せ者だ」

「そんな……」

レオニダが再度首を横に振ると、ヴィルジリオの手のひらの力が増した。痛いくらいだ。

(そんなに喜んでくださらなくても。むしろ嬉《うれ》しいのは私ですもの)

昂ぶる想《おも》いを伝えたいけれど、見合った言葉が浮かばない。どんなに並べても陳腐になってしまう。ここまで感情が喜びに満ちたことなどないのだ、もとから。

美しい侯爵に見初められて、これから華やかで甘美な毎日が待っている。施設以外での暮らしに想像がつかないから、明日からの自分の姿もうまく思い描けないが、たぶんいいことばかりだ。慣れるまで多少窮屈でも、不安でも乗り越えてみせる。追い返されたくはない。

「必ずあなたをもっと魅力的な女性にして差し上げますよ」

「……え?」

次に放たれたヴィルジリオの言葉に、レオニダは鈍い違和感を覚えた。なんだかおかしな言いまわしだ。

そういえば、どんな立場で迎え入れられるのか聞いていない。院長も侯爵が直々《じきじき》にやってきたことに興奮していたのか、詳しく説明はしてくれなかった。レオニダも歓喜の感情が先走り、ヴィルジリオの美貌《びぼう》に見惚れてしまっていたから、自分がどうなるのかについて確認する余裕もなかった。

「あなた自身も知らなかった、素晴らしいあなたになれるはずです」

言いながら、ヴィルジリオが双眸を細める。長い睫毛が揺れる。

こんな表情をされたら、心も感情も蕩《とろ》けて、わずか前に覚えた違和感を忘れてしまう。確かめるべきだと、あるかなしかの冷静な部分が警鐘を鳴らしているけれど、大半を占める感情が聞こえないふりをする。

ヴィルジリオの美しさの前では、レオニダのなにもかもが崩壊して消える。

「ね、レオニダ」

微笑みを湛《たた》えたまま、ヴィルジリオはレオニダの足元に跪《ひざまず》く。レオニダに驚く隙《すき》も与えずに摑んでいた手の甲にキスをする。

「私のためにどんどん美しくなってください」

「侯爵、さま……」

レオニダは身体を硬直させて、ヴィルジリオを見つめる。視界の縁が赤く妖《あや》しく切なく染まっていくような気がした。

カルレッティ侯爵家は、レオニダが貴族の屋敷として想像していたものよりも幾分華やかさに欠けていた。

確かに広い。

充分広い敷地に建築された二階建ての屋敷は白い壁に黒い屋根、装飾の金が少し煤《すす》けている。しかも、あちらこちらの壁にひび割れがある。

侯爵家とはいっても、際立って裕福ではないのかもしれない。

(そうだとしても施設に比べたら天国だわ)

レオニダは馬車から見る侯爵家の様子に一度は落胆したものの、すぐに気持ちを奮い立たせた。多少豪華さに欠けても貴族は貴族だ。最低の生活にはならない。冷たい水で床や窓を拭《ふ》いたり、泣きやまない子どもたちをあやし続け、汚れ物を片づける毎日にはならない。

(それだけでも充分すぎる天国よ)

レオニダはヴィルジリオに気づかれないようにこっそり首を振って、もう一度馬車の窓から侯爵家の屋敷を見据えた。

古びた屋敷のぐるりを囲む生垣も花壇に植えられた花々も枯れていたり、萎《しお》れていたり。玄関までの石畳もところどころがたついていて、馬車がおかしな揺れ方をする。

レオニダは肘掛《ひじか》けを掴んで、腹に力を込めた。

「手入れが行き届いていなくて」

ヴィルジリオが申し訳なさそうに首を傾げる。レオニダは慌てて「とんでもありません」と言い返した。

「無理をしなくてもいい。侯爵家なんて名ばかりだと私自身思っています」

「そんな……」

「あなたが夢を抱けるほど華やかな貴族ではないかもしれない」

ヴィルジリオは軽く口元を引き締めて、肘掛けを摑むレオニダの手を撫《な》でた。すべらかで優しい感触が肌をなぞる。

ぞくぞくして、レオニダは肩を竦める。下腹部から足の付け根のあたりに向けて切ない疼きと湿り気が滑り落ちる。思わず妖しげな声が漏れそうになって、レオニダは唇を嚙《か》んだ。

「本当は施設にお伺いした際に、堂々と我が家の状況を説明するべきだったと思います」

いびつに揺れる馬車の中、ヴィルジリオは静かに話しはじめる。レオニダは自分の手に触れる指先と端整な眼差しを交互に見つめる。

「ですが、それを話したら、あなたに拒まれてしまう。それはとても困る」

「侯爵さま……」

苦しそうに実情を打ち明けるヴィルジリオの表情に胸が閊《つか》える。レオニダはどう返事をしていいかわからなくて、戸惑いを誤魔化《ごまか》すように細かく数回瞬く。目尻《めじり》が少しだけ攣《つ》れて、眼球の裏側がかっと熱くなる。なんだか泣いてしまいそうだ。

まだ、ヴィルジリオに情がわくほど近しくなっていないのに、美しい人が悲しそうなのはつらい。

「私にはどうしてもあなたが必要だったのです。だから、どうしても我が家の状況は言えませんでした。あなたほど美しい人なら、こんな貧乏貴族の私のところに来ずとも、よいお話がいくらでもあるでしょうから」

言い募りながら、どんどんヴィルジリオはレオニダに顔を近づけてくる。額と額が軽くぶつかる。レオニダははっとして顔をずらそうとした。が、ヴィルジリオはすぐにレオニダの顎を押さえつけるようにして、引き戻す。

「侯爵さま？」

レオニダは訝しい思いでヴィルジリオを見返した。ヴィルジリオが薄く微笑む。

「騙《だま》すような形になりました。申し訳ありません」

「い、いえ……」

それでも施設での暮らしよりはずっと天国ですと続けそうになって、レオニダはまた唇を閉ざす。代わりに食い入るようにヴィルジリオを見つめる。

ヴィルジリオの微笑みがわずかだけ濃くなる。レオニダの気持ちが伝わったのかもしれない。優しい表情の変化がひどく嬉しかった。

「それくらいあなたが必要だったのです」

ヴィルジリオがぐっと額を押しつけた。鼻先が触れ合う。甘い吐息がかかる。

「あなたがいれば」

「私がいれば？」

「ええ。あなたがいれば、すべては変わります」

ヴィルジリオが一層口角を引き上げる。

「私なんて、なにも……」

慌ただしく頭を横に振ろうとしたレオニダの頰をヴィルジリオが両手で包み込む。

「……侯爵さま？」

こんなにも求められている。

孤児で施設育ちで、なんの教養もないのに。

こんなにも美しい人に。

なにもない私が、必要とされている。

見初められるというのは、こういうことなんだ。

そう思うと、感情がどうにもならないくらいに昂ぶる。鼓動が激しくなる。

(侯爵さま、侯爵さま、侯爵さま……)

胸の一番深いところで何度も呼びかける。

「レオニダ。本当にあなたが来てくれてよかった」

レオニダの声にならない呼びかけに応じるかのように、ヴィルジリオがやわらかく甘く囁く。心地よい声がレオニダを包み込む。

「心からあなたを歓迎します」

囁きを重ねながら、ヴィルジリオはゆっくりとそうっとレオニダの唇にくちづけてくる。予感があったとはいえ、レオニダは小さく震える。ヴィルジリオがレオニダの肩を優しく摑み、抱き寄せる。

そして、ほぼ同時に馬車が停《と》まった。

第二章　快楽の指

レオニダに与えられたのは二階の一番奥。南向きの大きな窓があって、陽当《ひあ》たりがとてもいい。個室にバスルームやパウダールームまでついている。メインの部屋には天蓋《てんがい》つきのやわらかなベッドと白い猫足のソファーセット。机。クローゼット。

光が溢《あふ》れていて、まるで夢の中にいるように清潔で綺麗だった。施設では、いつも世話を焼かねばならない小さな少女たちと狭い部屋に押し込められて、個室など与えられはしなかったから、もうそれだけで嬉しくてたまらない。

レオニダは思いきりベッドに腰掛けて、大の字に後ろに倒れ込んだ。

「ほんとにふかふか。気持ちいい」

ふふっと笑って、レオニダは寝返りを打つ。布団やシーツ、枕に頬摺《ほおず》りしたくなってしまう。

「今日からここが私のベッド」

改めて幸せに向けて歩きだしたのだと思い知る。

絶対に起こらないと思っていた奇跡の中にいる。

（ほんとに幸せ）

もう一度寝返りを打とうとしたとき、穏やかなノックが聞こえて、レオニダは飛び起きた。

「は、はい」

部屋に入った途端、ベッドに転がっていたなんて知られるのは恥ずかしい。

咄嗟に手櫛《てぐし》で髪を整え、立ち上がる。少し皺《しわ》のよったドレスを引っ張りながら、ドアに歩み寄る。

ドアノブを摑む前に向こう側から開かれた。

「失礼いたします」

「あの……？」

立っていたのは黒ずくめで無表情な女。ひっつめ髪にしているせいか、顔立ちがきつく見える。年齢はレオニダとあまり変わらないだろうか。

真っ白なタオルと清らかな香りを放つ石鹸《せっけん》を入れた籠《かご》を抱えている。

「レオニダさまのお世話をするように言われましたので参りました、ミーナと申します」

「お世話、ですか？」

レオニダは不審さを覚えつつ、ミーナと名乗る女を見やる。ミーナは無表情のまま、微《かす》かに頷いて部屋に入ってくる。天井から糸でつられているみたいにまっすぐに歩く女だ。

「させていただきます。旦那《だんな》さまのご命令ですから」

「旦那さまをお迎えに行ったでしょう？」

「この屋敷の主《あるじ》、ヴィルジリオ・カルレッティ侯爵さまです。レオニダさまをお迎えに行ったでしょう？」

ソファーセットの近くまで歩いていってから、ミーナが振り返る。目尻がつり上がって、鬼の形相のように思えて、レオニダはぞくっとした。むき出しの両腕を思わずさする。硬い鳥肌が立っている。

「侯爵さまは……どちらにいらっしゃるんですか？」

レオニダは話題を変えた。ミーナは瞬きすらせずに、鼻で笑った。

「存じません」

「存じませんって……命じられたっていま」

「旦那さまが直接、下っ端の召使いの私などに話しかけられるとでも？」

ミーナは、なにも知らないんですねと言いたげな冷たい口調で言い放つと、籠をバスルームへ運んでいく。

レオニダはむっとして、その後を追いかける。

「私への命令は全部執事のヴァレンテさんから出ます。レオニダさまのお屋敷に入ったときに挨拶《あいさつ》したでしょう」

「あ、あの人」

レオニダは頷きながら、脳裏についさっき玄関先で迎え入れてくれた柔和な物腰の初老の男性を思い描いた。髪はだいぶ白くなっていたが、皺は少なく、背筋もぴんと伸び、声にかなり張りがあった。

「偉い人ってこと?」

「偉いっていうのともちょっと違いますけど。まあ、あの方がこの屋敷の一切を取り仕切っているっていうのは事実ですね。物事を決めるのはもちろん旦那さまですけどね」

「直接話したら早いのに。頼みごとが正しく伝わらなかったりしない?」

少なくとも施設では院長が必ず子どもたちに仕事を頼んだ。間にシスターが入ることはなかった。

「ここは侯爵家ですよ」

「それはわかっているけど」

「レオニダさまが育った施設とは全然違うんですから」

ミーナは心底馬鹿にするかのようにせせら笑った。背筋を凍らせる酷薄さだった。レオニダはもう一度腕をさする。鳥肌がまた硬くなっている。

レオニダがなにか言うたびにミーナに軽蔑《けいべつ》される。貴族の常識などわからないから仕方ないとは思ってくれないらしい。

美しい人に見初められたと浮かれていたけれど、想像以上に厳しい場所なのだろうか。環境が大きく変わるのだから、楽しいばかりではないことなど覚悟はしている。それでも、最初からこんな扱いでは気持ちが滅入る。

「このお屋敷にご奉公に来て十年になりますけど、旦那さまとお話ししたことなど一度もありませんよ」

早口で言いながら、ミーナは籠を棚に収め、石鹸をバスに置く。

「十年で一度も？」

「当たり前じゃありませんか。レオニダさまだって普通であれば、旦那さまとお話どころか近づくこともできませんよね」

ミーナは、驚くレオニダをまたもや鼻で笑ってからバスルームを出た。レオニダはやはりその後を追いかける。

「綺麗に生まれるって得ですよね」

「えっ……」

一際棘《とげ》のある口調に怯んで、レオニダは足を止めた。

ミーナはレオニダを見ようともせずに「本当に羨《うらや》ましい」と続ける。

「綺麗じゃなかったら、こんな恵まれたことにはなりませんもの」

苛立《いらだ》たしげに部屋中を見回し、ミーナは腕を組んだ。世話を命じられたと言っていたが、施設育ちのレオニダに敬意を示すつもりはないらしい。むしろ見下げているのかもしれない。

確かに、貴族の屋敷に奉公に上がれる縁を持つミーナと、見初められて拾い上げられなければ死ぬまで施設から出られなかったレオニダを比較すれば、ミーナのほうが微妙に上の位置にいる。

ミーナが言いたいことはわかる。レオニダがミーナの立場でもそう思うし、急にそんな底辺にいた娘が「女主人」として現れても困惑するばかりだろう。

「命じられたお仕事ですから、しっかりとやります。でも、私にレオニダさまへの敬愛を求めないでくださいね」

きっぱりと言い放ち、ミーナは大股《おおまた》でドアに歩み寄った。

レオニダは呆然としてしまい、呼び止めることも、もう後を追うこともできなくなった。硬直して、ぎくしゃくと俯《うつむ》く。はじめて身に纏《まと》ったエンパイアドレスの裾《すそ》がふわりと揺れる。尖った靴の先で小さな光が歪《ゆが》む。

「身体を清めるようにと仰《おお》せつかっていますので、お湯の支度をしてきますね」

ミーナは振り返らずに言い残して、部屋を出ていった。

石鹸で身体を洗った後、湯を抜いた浴槽に座らされた。湯の温《ぬく》みはわずかにしか残っていないから、肌が浴槽に触れるたびに少しひやっとする。

だが、嫌だと言うことなんてできやしない。この程度なら我慢しなくてはいけない。

ミーナが驚くほど甘い香りの精油を塗り込みはじめる。石鹸で身体を洗うこともほとんどない生活だったから、精油に塗《まみ》れたミーナの手のひらが肌を撫でるのが照れ臭い。

「手荒れはひどいと思ったけど、肌は綺麗ですね」

ミーナは冷たく言いながら、レオニダの背中をマッサージする。

「え……」

「手荒れが治るまでは手袋でもしてたほうがいいですよ。ドレスとまったく合ってなかった」

戸惑うレオニダに、ミーナは辛辣《しんらつ》に言い放つ。

「貴婦人は手荒れなんかしてたらみっともないから」

「あ、ありがとう」

「レオニダさまのためじゃありませんよ。旦那さまが恥をかくのは侯爵家としても困るからです」

ミーナはレオニダの感謝など邪魔だと言わんばかりに口調を荒らげ、立ち上がった。

「ミーナさん？」

「どうせ旦那さまとお出かけしたりするようになるんでしょうから、ほんっとうに侯爵家に恥をかかせないでくださいね」

先刻棚にしまった籠の中からタオルを取り出し、ミーナは一番の苛立ちをぶつけようとでもするみたいに強く言い捨てた。あまりに攻撃的な言いざまに、レオニダは恐怖を覚えてしまう。

やはり、ミーナが向けてくる軽蔑はあまりにも強く激しい。

顔を合わせて間もないのに……いや、その前、ヴィルジリオが施設育ちのレオニダを引き取ると決めて、屋敷中の者たちに命令を下した瞬間から嫌われている。レオニダがどんな娘であっても関係ないのだ。レオニダでなくとも、同じ立場で迎え入れられる誰をもミーナは軽蔑をもって遇するのだろう。

ミーナ以外の屋敷の使用人たちもレオニダに対してこんな感情を抱いているのだろうか。

(だとしたら敵しかいないいんだわ)

レオニダは思わず膝を抱え込みそうになった。

「これはいい香りだね」

不意にやわらかな声がして、びくっと身体を起こす。浴槽やミーナの肩越しに振り返る。

「あ……」

声でわかったけれど、姿を確認して鼓動の高鳴りが激しくなる。

ノックはなかったはずだ。

バスルームの扉は薄く開いている。誰かが入ってくれば、少なくともミーナが気づく。

でも、レオニダもミーナも気配を察することができなかった。

（侯爵さま）

レオニダは心の奥で呼びかける。それだけで動悸《どうき》が激しくなる。まさかバスルームを覗《のぞ》かれるだなんて。

「旦那さま」

そして、声を発したのはミーナだった。慌てて手を止め、レオニダの身体にタオルをかける。いくら「見初めた」相手であっても生娘《きむすめ》の肌を晒《さら》すのはよくないと思ってくれたのか。

予想外の優しさに、一瞬安堵《あんど》する。

レオニダはタオルの端を摑んで、胸元まで覆い隠した。まだ胸がどきどきしている。

「後は私がやりましょう」

「旦那さまが……？」

ゆっくりとミーナが立ち上がる。レオニダの身体を隠す形になっていたものがひとつなくなる。もう裸を覆うものは薄っぺらく頼りないタオルだけだ。

「これくらい私にもできる」

穏やかに言い放ち、ヴィルジリオがバスルームに入ってくる。

「ですが」

「いいから。おまえは下がりなさい」

ヴィルジリオはミーナを軽く押しのけて、浴槽の後ろ側に跪いた。

「精油はこれ？」

蓋《ふた》をせずに足元に置いてあった小瓶を手に取り、ヴィルジリオが誰にともなく訊いた。ミーナのそうですと答える声を待つまでもなく、製油の香りを嗅《か》ぐ。

「いい選択をしました。これは本当にレオニダに合う香りです」

うっとりと呟いて、精油を手のひらに垂らす。

「さあ、レオニダ、タオルを外して」

「……あの」

レオニダはタオルの中で身を縮め、ぎゅっと端を握り直す。指先が微かに震える。

「怖がることはない。きっと美しく素晴らしい身体をしているはずですから」

「いえ、私やせっぽちで」

「そんなことはありません」

ヴィルジリオがそっとレオニダの耳朶《みみたぶ》に唇を寄せる。

「どうせ今夜見せてもらうのに？」

ふふっと甘美にさえ響く笑い声が交ざり込んで、レオニダの身体を妙に熱くする。

（これ……なに？）

レオニダはますます身体を縮めた。

少し遠くでドアの閉まる音がした。ミーナが出ていったのだ。もうこの部屋にはヴィルジリオとレオニダしかいない。

「レオニダ」

優しく名前を囁き、ヴィルジリオがタオルを剝《は》がし取る。明るい光の中にするりと裸体を晒されても、レオニダは抗うことができなくなった。

「やっぱり綺麗な肌だ」

言いながら、ヴィルジリオは手のひらであたためた精油をレオニダの背中に撫でつける。ちっとも冷たくないのに、むしろミーナのほうがよっぽど冷たい手をしていたのに、レオニダは激しく震え上がった。

「本当に美しいですね、レオニダ」

精油を丁寧に塗り込むヴィルジリオの指先が脇腹《わきばら》から胸元へ滑る。

「……はっ」

レオニダはびくっとして身体を硬くする。ヴィルジリオが甘く笑う。

「大丈夫ですから。身体の力を抜いて」

「で、でも……」

「私に委《ゆだ》ねて」

ヴィルジリオはレオニダの耳朶を食《は》む。切ないような恍惚《こうこつ》の予感で肌が粟立《あわだ》つ。思わず吐息が漏れた。

胸元に滑った指は乳房をいじるようにして精油を撫でつけていく。

「あ……」

ヴィルジリオの指がさほど大きくもない胸の膨らみを確かめるみたいに蠢くたび、下腹部が痛いくらいに疼く。重たく粘つく。

「可愛《かわい》い胸だ」

「だから、小さいと……」

「大丈夫。これくらいのほうがいろいろわかりやすい」

「わかりやすい？」

不審な言葉に、レオニダは振り返った。すぐにヴィルジリオのやわらかな視線にぶつかって、慌てて逃げる。こんな美しい人と見つめ合うのは怖い。おかしなことを口走ってしまいそうだ。

「ほどよい胸の大きさだということです」

しなやかに言い直して、ヴィルジリオはそれまでよりも大胆にレオニダの乳房を撫ではじめた。精油を塗るだけの動きではないとわかる。明らかに乳房を揉《も》むために指が滑っている。

そして、その動きがひどく身体をざわつかせる。奥深いどこかが疼いて、切なくてたまらない。

「侯爵、さま……」

呼びかける声が震えた。

「気持ちがよくなってきた？」

「え、いえ……あの」

否定したいけれど、たぶんこれは気持ちがよいのだ。ヴィルジリオの指先が優しくやわらかく、ときに強く乳房を揉むのをやめては欲しくない。

「素直になって、レオニダ」

「……でも」

「触れられたら気持ちよくなっていい。声をあげて、身体を揺らして。美しい女性のそんな姿を男は誰でも喜ぶものだから」

そう言うなり、ヴィルジリオはレオニダの胸の先端の粒をつまんだ。

「は、あぁっ」

痛みとも異なる痛烈な響きが走り抜けて、レオニダは悲鳴をあげた。腰のあたりまでが鈍く痺れ、身体は浴槽に添うように弓なりになった。

ヴィルジリオは容赦なくレオニダの粒をつまみ、指の腹でにじるように弄《もてあそ》ぶ。

「いや……ああ……いや、だめ、侯爵さま」

ふたつの粒を翻弄《ほんろう》されて、レオニダの奥底から下腹部へ向けてもどかしい痺れと粘つく疼きが落ちていく。身体が震えて止まらない。

「いやなはずがないでしょう」

ヴィルジリオがまた小さく笑った。

「気持ちがいいことが嫌いな人間はいない」

「……怖い、です」

「それは気持ちがいいことを悪いことだと思っているからですよ。ちっとも悪くないのに」

ヴィルジリオはレオニダを覗き込むようにして、唇を重ねてくる。

そのまま身体の位置を変え、ヴィルジリオはレオニダの前へ回った。

「ん……」

素早くレオニダの唇を押し開け、歯列を割る。驚く間も、拒む隙もなく、舌はレオニダの口腔《こうこう》内に侵入し、じっとりと粘膜をいじりはじめる。

「……っ」

舌をからめとられ、呼吸まで支配されてしまう。

その間も、ヴィルジリオの指先はレオニダの乳房を揉み、先端の粒をつまみ擦《こす》り続ける。

「あ……んぁ……」

自由にならない呼吸の中でレオニダは喘《あえ》ぐ。口角を混ざり合ったふたり分の唾液《だえき》が伝う。

「……あ、ぁ……や、ん……っ」

くちづけは深く、指先からの刺激も強すぎて、意識が眩む。腰が自然に浮いてしまう。

これが快楽なのかと思う間もなく、身体中の感覚がヴィルジリオに反応している。未知の行為が怖いのに次を求めている。やめられたら、置き去りになったような虚《むな》しさを感じるかもしれない。

やがて、ヴィルジリオの指先は胸を離れ、脇腹を滑り、臍《へそ》のあたりを撫ではじめた。

「……は、ぁ……」

レオニダは咄嗟に足をきつく閉ざそうとした。なにをされるかわかっているわけではない。でも、本能的に身体が動いた。

ヴィルジリオがレオニダの膝を掴んで開かせる。

「や……っ」

唇も呼吸も奪われたまま、レオニダは羞恥《しゅうち》に叫んだ。ヴィルジリオはくちづけをほどかずに甘く笑う。

拒んで足を閉じようとしても敵《かな》わない。逆にもっと大きく広げられ、右足を浴槽の縁にかけられてしまった。

「足を閉じたら、レオニダのいやらしくて綺麗なところが見えないでしょう」

ヴィルジリオはやっとくちづけを外すと、にやりと口角を引き上げた。美しいけれど、少し怖くなる表情だった。もちろんいままでも美しすぎて怖かった。だが、いまのこの表情には怯《おび》えばかりが過る。

「……こ、侯爵さま……でも、恥ずかしい……」

レオニダは震える声でわずかだけ抗う。

「少しも恥ずかしいところなどありませんよ」

ヴィルジリオは余裕の笑みを湛えている。その美しさに追い詰められていくみたいで、レオニダは顔を背けた。

「これからが本当の気持ちがいいことです。レオニダは全身で悦《よろこ》びなさい」

レオニダの左足もとらえ、同じように浴槽の縁へかけさせると、ヴィルジリオはそうっと額にキスをしてきた。レオニダは掠れた溜息をひとつこぼした。

恥ずかしい。

恥ずかしくてたまらないけれど、娘が男に見初められる意味がわからないほど、子どもではない。なにを求められているのか、ちゃんとわかっている。

言う通りにならねばならない。

(侯爵さまがそうしたいと望むことに応《こた》えられなかったら施設に返されてしまう。それはいや。夢にまで見た外の世界なのに)

レオニダはぎこちなく視線をヴィルジリオに戻した。美しい微笑みにとらえられる。もう溜息も出ない。

さっき一瞬、怖いと思ったが、この美貌にはどうしたって見惚れる。

「私にすべて任せて。レオニダを素敵な女にしてあげますよ」

「……はい。侯爵さま」

膝から直接、ひんやりとした精油を垂らされる。太腿《ふともも》を伝って下腹部へ流れ落ちる。その程度の刺激でも身体が震え、身体の奥深いところから粘り気のあるなにかが溢れていく。

「あ……」

レオニダは軽く仰《の》け反《ぞ》る。

「これくらいでも感じますか？」

ヴィルジリオの声はあくまでも優しいのに、どことなく意地悪な気配が交ざり込む。

「あなたはいい女になる」

そう囁きながら、ヴィルジリオはゆっくりと精油をレオニダの太腿に広げる。指先の動きが的確すぎて、少しだけ苦しい。追い詰められていくような怖さがある。

それでも、ちっとも嫌ではない。

逢《あ》ったばかりの男性にここまで深く立ち入られているのに。

ヴィルジリオは精油を塗りつけ、指先を滑り下ろしていく。

「あ、あの……」

レオニダは思わずヴィルジリオの手を摑む。ヴィルジリオがほんの数秒動きを止める。ゆるやかに微笑んで、ヴィルジリオはレオニダにくちづけした。当たり前のように舌が侵入してくる。

「……ん、んっ」

逃げても、すぐに舌がからめとられる。

「ん……っ」

ヴィルジリオはレオニダの手を払い、さらに指を進める。精油のせいで滑りが早い。足の付け根をするりと撫でる。

「……ぁあっ……」

もどかしい快感の兆しにレオニダは咄嗟に首を振った。くちづけがわずかにほどけ、舌が解放される。唾液が落ちる。

「レオニダのいいところを教えてあげますよ」

唇が外れ、ヴィルジリオが微笑む。ふたり分の唾液で濡れた形よい唇が光っている。

指先は付け根から滑らかに敏感な箇所へ滑る。まだ薄い茂みを搔《か》き分け、つぷりと押し入る。

「あっ……」

はじめての異物感にレオニダは爆ぜるように腰を浮かせた。

「や、やめて……いや」

レオニダは小刻みに頭を横に振る。ヴィルジリオは歌うように「大丈夫。すぐによくなる」と囁く。指先がレオニダの肉芽をゆるく擦る。

「あ、あっ……」

もどかしいような快楽の痺れにレオニダが身を捩《よじ》った。ヴィルジリオはその身体を引き戻し、さらにレオニダの弱い部分を刺激する。

「あぁ、っ……ぁっ」

触れられ、撫でられるたびに秘されていた部分が生ぬるく濡れる。粘着質の淫《みだ》らな悦びがわき上がって止まらない。腰が浅ましく揺れてしまう。

「や……っ、あっ……っ」

どんどん押し寄せてくる快感に理性が押し潰されて、触れられてもたらされる快楽で埋まっていく。

こんなに簡単にはまってしまうなんて。

自分で自分が恥ずかしい。

知らなかったことを教えられ、それがあまりに心地よいともっと欲しくなる。

これはいけないことだろうか。

生娘なのに、淫靡《いんび》な悦楽に酔いはじめている。

他の誰かに触れられたなら、ここまでになることはなかっただろう。

(侯爵さまが綺麗だから。あんなに美しい男の人に愛されるのだと思ったら、身体も心もどうにもならない。抑えられるわけない)

ヴィルジリオの性格もなにも知らない。惹《ひ》かれているのは露骨に外の皮一枚の整ったものだけだ。

こんな惹かれ方も浅ましいと思うけれど、施設から救い出してくれた「王子さま」はあまりに美しすぎた。

「いい顔をしますね、レオニダ」

ヴィルジリオの指に擦り上げられた肉芽がじんじんと熱くなる。精油のせいだけではないぬめりでヴィルジリオの指の滑りが早くなっている。

「は、ぁあ……っ、や……ぁ」

凄《すさ》まじい快感が身体中に広がり、背筋を震わせる。大きく広げられた足ががくがくする。

ほんの少し前まであった戸惑いも消えてしまっている。

レオニダは咄嗟にヴィルジリオの肩に縋りついた。

「気持ちがいい?」

「んっ、あっ……あっ」

ヴィルジリオの指は優しく、でも確実にレオニダを追い詰め、時に激しく敏感な粘膜を擦り続ける。快感は淫らとしか言いようのない形と熱に変わり、レオニダを支配していく。

聞こえてくるのは粘り気のある水っぽい音だけ。

くちゅ、くちゃり、びちゃり……と続くいかがわしいばかりの音が自分の身体から発せられているのだと思うと、余計に悦楽が濃密になる。漏らす吐息さえ切なく苦しい。

（気持ち、いい……でも、はっきり言うのは恥ずかしい）

レオニダはヴィルジリオの肩にぐっと唇を押しつけた。甘ったるくせがむような声がどうしても漏れてしまう。

ヴィルジリオがそっとレオニダの髪を撫で、やわらかい羽根のように優しく笑った。

その瞬間、膨張し続けていた悦楽が一気にはじけ飛んだ。

「あ、あっ……ああっ、あぁあ……んっっ」

レオニダは大きく仰け反った後、がっくりとヴィルジリオの身体に倒れ込んだ。

「……感じやすくて、素晴らしいです。レオニダ。あなたは、本当に私のための女だ」

そう囁かれたような気がした。

そのまま受け取っていいのか、深い意味を持つのか。

なによりも、本当にヴィルジリオがそんなことを言ったのか。ただの都合のよい錯覚か。

もう判断はつかなかった。

第三章　残酷な宣告

目を覚ますと、清潔なシーツの上に横たわっていた。

真新しい真っ白なふわふわのクッション。自分の身体からは甘く澄んだ香りがして、見上げる天井は白地に金糸で描かれた華やかな薔薇《ばら》と天使。

わずかに視線を巡らせただけでも広く美しく整った部屋だ。

(夢じゃない)

改めて実感する。

もうあのじめじめした陽当たりのよくない騒がしい部屋で、硬いベッドで背中を痛くしながら眠ることはない。汗臭くても汚れていても石鹸を使うことに躊躇《ちゅうちょ》しなくてもいい。

もちろん、この屋敷で好き放題していい身分でないことはわかっている。贅沢《ぜいたく》だってわがままだって許されるものは少ないだろう。

(私からすれば、この部屋を与えていただいただけで充分だけど)

レオニダは大きくくるんと寝返りを打つ。

(ミーナさんは少し怖いけど、きっと慣れるだろうし)

そんなことを考えつつ起き上がろうとして、レオニダはぎょっとした。

なにも身に着けていない。

「えっ、やだ……っ。私っ！」

レオニダは慌てて周囲を見回したが、ドレスはおろか下着もどこにもない。タオルの類《たぐ》いすら落ちてはいなかった。

「私、どうやってベッドまで……」

レオニダは足元に丸まっていた毛布を引っ張り上げながら、少しの間考える。

施設を出て、四頭立ての馬車に乗って侯爵家の屋敷に到着して、想像より煤けている外観にちょっとだけがっかりして……。

記憶を手繰っているうちに、バスルームでの出来事にぶつかって、全身がかっと火照りだした。

そうだ。そうだった。

(私、侯爵さまに……)

レオニダは両手で頬を覆う。ひどく熱い。胸元に引っ張り上げた毛布が落ちて、また裸の乳房が晒される。

この胸をヴィルジリオの指が揉みしだき、先端の粒をつまみ上げた。それから、下腹部に触れられて、はじめての悦楽に打ち震えた。

どれだけ浅ましく淫らに乱れてしまったことだろう。

その姿をヴィルジリオに見られていたのだと思い返すと、身体は一層熱くなり、奥底から生ぬるい粘り気がずり落ちてくる。鳩尾から臍のあたりにかけて、肌も身体の内側も疼きと快感が綯《な》い交《ま》ぜになったもどかしさで切なくなる。

(侯爵さま、侯爵さま、侯爵さま)

レオニダは胸の中で何度も呼びかけて、我が身をかき抱く。よく知っている自分の肌ではないようにも思えた。なにも感触は変わらないのに、異性に触れられた後と思い出せば、なにか違和感がある。

火照るのに鳥肌が立つ。

(会ったばかりの異性といきなりあんなことをしてしまうなんて、まるで娼婦《しょうふ》みたい。見初められて呼び寄せられたのだから、いつかはそうなるとは思っていたけれど)

レオニダは大きく溜息をつく。最後の息が上擦って、妙にいやらしく響く。

「これから、どうなるのかしら、私」

「私のためになってもらうんですよ」

不意に呟きを拾い上げられて、レオニダはびくっとした。

声のしたほうを振り返ると、いつの間に来ていたのか、ヴィルジリオが壁にもたれるようにして佇《たたず》んでいた。漂白したような真っ白のシャツに深い緑色の上着を羽織り、黒い細いパンツを穿《は》いている。

昨日見た白い上着姿よりきらめきは落ち着いているように見えるが、それでも目を見張るほどに美しい。

「……侯爵さま？」

レオニダは慌てて、もう一度毛布を胸元まで引き上げた。

「私の前ではなにも隠さなくていい」

大股に歩み寄ってきて、ヴィルジリオがレオニダの毛布を剝がし取る。

「レオニダは生まれたままの姿が一番美しいのですから」

言いながら、ヴィルジリオがベッドに上がってくる。美しい眼差しが接近してきて、レオニダをとらえる。

「侯爵、さま……？」

「一番美しい姿を隠さないで、私のために役立ててください」

「役立てる？」

訝しい言葉を聞き返すと、ヴィルジリオは動きを止め、ぎゅうっと双眸を細めた。

「そのためにあなたを選んで、ここへ来てもらったんです」

「どういう意味ですか？」

「簡単な話です」

ヴィルジリオがベッドの上で身体を起こし、膝を抱える。

「あなたは感じやすい、淫らな女だからぴったりなはずです」

「……え」

急に辛辣な言い方をされて、レオニダは目を見開く。睫毛の端が力なく揺れる。

(淫らな女……って、どういうこと?)

そんな呼ばれ方をしては、ヴィルジリオを見やるのさえ怖くなる。

出会ったばかりの異性の前であんな姿を見せたからなのか。よっぽどだらしなく、ひどい状態だったのだろうか。

バスルームでの出来事までは優しかった人が急に態度を変えるというのは、そういうことなのかもしれない。

「あの……侯爵さま、私なにかいけないことを、しましたか?」

「なにもしていない。むしろ素晴らしいものを見せてもらいました」

ヴィルジリオはにっと笑んで、レオニダのむき出しの足をやわらかく撫でた。ぞくっとして、レオニダは足を引っ込めようとした。

だが、すぐに摑まれて戻される。

ヴィルジリオはするするとレオニダの脛《すね》を撫でた。

「レオニダは多くのことは覚えなくてもいい」

「侯爵さま……？」

レオニダはむき出しの乳房を隠すことも忘れ、ヴィルジリオを見つめる。ヴィルジリオも目を逸《そ》らさない。

でも、見つめ合っているような甘さはない。本当にただ、互いを見ているだけの状態だった。

「失礼にならない程度の知識とマナーだけあれば充分です」

「失礼にならない……？」

「これからたくさんの人に会っていただくことになります」

ヴィルジリオは微笑みの形をしているのに微笑みに見えない表情を浮かべて、首を傾げた。美しく艶やかな金髪が揺れる。

それは、侯爵夫人に近い存在として扱われるということだろうか。

着飾って、端麗なヴィルジリオの隣に立つ自分を想像して、レオニダはどうしようもなく頬が緩むのを感じた。抑えてみても抑えつけられない。普通の顔ができない。施設育ちの底辺の娘が侯爵夫人扱いだなんて、見初められたにしても大出世だ。

貴族の婚姻《こんいん》には教会の許可がいる。身元が確かでない娘が貴族の正式な妻になることは難しい。場合によっては相手が爵位を捨てる羽目になる。

レオニダのためにヴィルジリオがそんなことまでしてくれるとは思っていない。

でも、夫人に近い扱いをされるなら、実際の身分などどうでもいい。

「あ、ああ。勘違いはしないでくださいね」

ヴィルジリオは優しい口調のまま、わずかに棘を出した。

「え……」

「別に私はあなたを妻にしようなどとは考えていません」

ばさっと嬉しさを断ち切られたような気がして、レオニダは目を見張った。

「もし期待させていたのなら申し訳ないけれど、そんなつもりでここに呼び寄せたわけではありません」

「それは、どういうこと、ですか？」

問い返す声が震えた。

レオニダは思わず毛布を顎のあたりまで引き上げる。すぐに冷たく引き剝がされてしまう。

「あっ」

レオニダはか細く怯える。ヴィルジリオが鋭く双眸を細める。

「隠すなと言ったでしょう」

ヴィルジリオは奪い取った毛布をベッドから投げ落とし、ぐいっと顔を近づけた。レオニダは腕で乳房を覆い隠しながら、尻でにじるように後退《あとずさ》った。シーツが波打って乱れる。

「これからあなたはドレスを着ているより、裸でいる時間が長くなる」

「……おっしゃっている意味が、わかりません」

レオニダは大きく頭を左右に振る。髪が縺れて頬を叩く。

「どうして？」

ヴィルジリオはさらに首を傾げた。金色の髪に室内照明の光の礫《つぶて》が飛び散り、翡翠色の瞳に怪しげな淀みが過る。

「どうしてって……」

「レオニダはそんなにお馬鹿さんではないと思いますよ？」

ヴィルジリオは揶揄《やゆ》するみたいに肩を竦める。緑色の上着にいびつな皺ができる。

「でも、本当に」

「わかりませんか？」

ヴィルジリオはより顔を近づけ、レオニダの鼻先に鼻をくっつけた。甘く生ぬるい吐息が顎を掠めて落ちる。

「こんなに簡単なクイズはないのに」

至近距離にある美しい眼差しにぞくりとする。レオニダはなんとかヴィルジリオから顔を背けようと足掻《あが》いた。

だが、ヴィルジリオは両手でぐうっとレオニダの頬から顎を挟むように押さえつけてくる。

もう視線すら逸らすことはできない。否応《いやおう》なくヴィルジリオを見つめ、ヴィルジリオの声を聞かねばならない。

レオニダが抗いをやめると、ヴィルジリオは満足げに微笑みを濃くした。

「あなたに多くの教養もマナーも求めない。いまから付け焼き刃でなにを教えたとしても本当の貴婦人にはなれない。生まれと育ちがひどすぎますからね」

ヴィルジリオの言葉はあまりに残酷なものだった。重たく鋭く、強烈にレオニダの心に突き刺さる。感情がどす黒い血を流しはじめているのがわかる。ショックなんて表現では足りない衝撃だ。

抱き締めていた淡い期待や憧れが全部崩壊してしまった。

「でも、あなたはとても美しい。そして、なにも知らなかったはずなのに、ちょっと触れただけで淫らに悦ぶいやらしさも持っている。育ちを気にせず、多くを求めない相手としては最高です。そういう意味では素晴らしい女性ですよ」

ヴィルジリオは酷薄な言葉を続ける。

それなのに、表情はあくまでも優しく美しい。ひどいことを言われているのに、見惚れずにはいられないくらいに。

レオニダは唇を強く嚙み締めた。

身体を望まれただけなのか。そういう意味で見初められたのか。

いきなり無垢《むく》な身体にあんな行為をしたのも、レオニダを快楽に酔わせたのも、安くつれてきた「娼婦」に過ぎないから。

一瞬でも夫人扱いされるのではと夢のようなことを思った自分が恥ずかしい。しょせん施設育ちの娘など、身体を弄ぶくらいしか使い道はないのだ。

「私の侯爵の爵位は形ばかりのものです。父は公爵で、貴族院議長までつとめましたが、母はなんの身分もない底辺の貴族院議員の娼婦です。美しいばかりでなんの後ろ盾もない。そんな母親を持った私が父と同じ貴族院議員になるだけでも容易《たやす》いことではありません。貴族社会では後ろ盾がすべてです。妾《めかけ》の庶子には入り込む隙がない」

ヴィルジリオはゆっくりとした口調で身の上話をはじめた。残酷な言葉を放っていたときとはずいぶん起伏が違っている。レオニダに冷たいことを言うのはもう終わりなのだろうか。

レオニダはごくりと唾を飲み込む。唇から凍えたような吐息が漏れる。

(この美しい人が優しくはないとわかってしまったけれど……)

そこに怯えを察したのか、ヴィルジリオはレオニダの頬を包み込んでいた両手で撫でた。長く細い指先がしなやかに肌を滑り、レオニダはびくりと肩を震わせた。

「それでも私は上に行きたいのです。こんな煤けた屋敷で蹲《うずくま》ってはいたくない。そのためのあなたです。もう言いたいことはわかるでしょう?」

「……わ、わかり、ません」

レオニダがかろうじて発した声が醜く捩れた。

「ここまで噛み砕いてもわかりませんか？　困ったものだな」

ふふっと嘲《あざけ》るように笑い、ヴィルジリオは手のひらをレオニダの頬から外し、両手を掴んだ。乳房を守っていた腕を押し開き、いきなり先端の粒に舌を絡《から》ませる。

「はっ、ぁあ……ぁっ」

ちろちろと舌で粒を捏《こ》ねるみたいに舐《な》められて、レオニダは震えて仰け反った。瞬《また》く間にもどかしい快感の漣《さざなみ》に包まれてしまう。肌が切なく張り詰める。腰が反る。

ヴィルジリオは執拗《しつよう》に丁寧に、胸元の粒を舐め、時に歯を立てる。

すべての愛撫《あいぶ》に、レオニダの身体がびくびくと反応する。下腹部から粘った水気が落ちていく。

「あっ、あ、あっ」

気持ちがいい。悦楽で痺れる。

レオニダはふわりと仰け反るようにベッドに倒れた。それを待っていたのか、ヴィルジリオはレオニダの膝を割り、足が閉じないように腰を挟み込む。

「ほら、これくらいでこんなに乱れる。いやらしくて素敵ですよ、レオニダ」

ヴィルジリオは胸元の粒から唇を外すと、口角を引き上げる。やはり微笑みには見えない。美しいのに残酷な歪み。

レオニダは怯えつつも、そっとヴィルジリオの肩に触れる。指先の動きを確かめて、ヴィルジリオの唇がまた笑みらしき形を作る。

「あなたは本当に素晴らしい女だ」

言いながら、ヴィルジリオはレオニダの乳房を鷲掴《わしづか》みするようにして揉みしだいた。人差し指と中指の間に先端の粒を挟み、擦《す》り潰す。

「は、ぁっ……あっ、あぁっ」

何度も繰り返されて、悦楽の兆しは一気に身体中を支配する。肌が敏感になり、腰が浮く。背筋が震えて反り返る。

ヴィルジリオの手のひらの動きが大きく激しくなる。快感が上り詰めていく。気持ちがいいのに、苦しくてたまらない。疼きが切なくて、呼吸が詰まる。

「あ、あっ……あっ」

レオニダの身体がまた大きく弓なりになる。

ヴィルジリオはレオニダの乳房を揉みながら、舌を鎖骨に這《は》わせる。

「んっ……っ」

浅ましくて淫らな吐息が漏れる。

ヴィルジリオが軽やかに笑う。その声にも肌が粟立つ。快感を覚えてしまう。情けないくらいに単純にあっさりと反応する。

（私ったら……私ったら、なんでこんな）

頭の中で叱責《しっせき》しても、身体はどうにもならない。敏感に淫乱にびくびくと震えて上擦る。

ヴィルジリオの舌は乳房の間を滑り、臍をぴちゃりと舐める。レオニダはじれったくなるような間違い疼きに反射的に腰を浮かせた。

「は、ぁ……ぁ」

レオニダはヴィルジリオの肩をきつく摑む。短い爪がそれでもヴィルジリオの滑らかな肌に食い込む。指の関節が頼りなく痙攣するみたいに震えている。

「なにも知らないとは思えない身体ですね。たった一度、絶頂を知っただけとは思えない。施設でも自分で慰めていましたか？」

ヴィルジリオはレオニダの耳元に毒交じりの囁きを吹き込む。残酷な言葉なのに、淫楽に近いものに感じられて、露骨に反応してしまう。

「や……い、や……んっ」

レオニダは力なく頭を振り、身体を捩る。

ヴィルジリオは再び舌を臍のあたりへ戻す。指の間に挟まれたままの胸の粒が恍惚に膨らみ上がって、ずきずきと沁《し》みる。

「あ、あ……あ」

ヴィルジリオの舌はさらに下りていき、レオニダは恐れに似た喘ぎを漏らした。身体と本能がさっきのバスルームでの行為を思い出す。それより下に触れられたら、いま感じている快感よりも激しいものが襲ってくる。視界も思考も意識も吹き飛ぶ。

(やめて……やめて……お願い。やめて、ください。侯爵さま……あんなひどいことを言ったくせに、快楽なんかくださらないで……)

レオニダはもがいて腰をずらし、ヴィルジリオの舌から刹那《せつな》逃れた。

だが、当たり前のように引き戻されて、乳房を揉みしだいていた力で押さえ込まれる。

「レオニダの身体はとっても気持ちがいいことが好きなのに、逃げることはないでしょう? 素直になりなさい。もっといいことを教えてあげるから」

「いや……」

「私には淫らな女が必要なんだ。それを拒むつまらない女などいらない」

ヴィルジリオは酷薄に吐き捨てて、レオニダの足の付け根をきつく吸い上げる。

「ひ、やぁ……あっ」

生ぬるい感触にレオニダは釣り上げられた魚のように激しく跳ねた。

ヴィルジリオは付け根を吸いながら、指先で茂みを弄る。掻き分けて、ゆるゆると無垢な裂け目をなぞる。やわらかさと強さを的確に織り交ぜられて、レオニダは激しい快感に身を震わせた。身体の奥からどろりとなにかが滲んで潤みだす。

「ああっ、あっ……っ、あっ」

レオニダはもう悲鳴にしかならない声をあげた。身を捩り、腰を蠢かせる。

切ない喘ぎに双眸を細めると、ヴィルジリオは薬指を押し入れた。くちゃっと熟した果実を突くような音がして、レオニダは突然の侵入にがくがくと震えた。

「あ、あ……あぁっ」

指を動かされ、痛みと快楽が交互に襲ってくる。視界がちらちらとする。

ヴィルジリオの指先はあまりにも迷いなく、レオニダの敏感な箇所を探り当て、擦り上げる。粘つく中で指を回し、急に思い出したみたいにぎりぎりまで引き抜いて、指を増やして再挿入してくる。

「いた、っ……いやっ、いたいっ！　いたいっ！」

指が一本のときとは比較にならない激痛に、レオニダはじたばたと暴れた。両腕を振り回し、ヴィルジリオを払い除けようとする。

ヴィルジリオはうまく躱《かわ》し、ますます奥深くレオニダを穿つ。

「いっ、たぁあ……やあ……やだ、侯爵、さ……ぁ」

レオニダは一際大きく頭を振った。つま先が瘧《おこり》のように震えて突っ張る。

「すぐに慣れます。こんなの痛みじゃない。快楽です」

ヴィルジリオはいままで聞いたことがないくらいの低い声で囁いた。二本の指がレオニダの感じやすい底を突き、擦り、掻き回す。そのたびに淫靡な水音がする。わざとレオニダに聞こえるように動かしているのかもしれない。

「や、ぁ……あっあっ……あぁ」

レオニダは仰け反り、自ら両手で髪を掻き毟《むし》った。乱れた髪が半円を描いて舞い踊る。じっとしていたら、わき上がる快感に潰されておかしくなってしまう。いや、もうおかしいのかもしれない。

気持ちがよくて。

それがとても怖くて。

擦り上げられ、水音が響くたびに堕ちていく感覚があるのに。

本当に気持ちがよくて。

悦楽はあっさりと怖さに勝って、さも当然のようにレオニダのあらゆる感じやすい部分を濡らし、捩らせ、狂わせる。

この悦楽の先にあるものが欲しい。どんなにひどい言葉をぶつけられても、美しいヴィルジリオがくれる快感は禁断の果実よりも甘い。

修道院では将来を誓った夫以外と結ばれることを背徳と学んだから、本当にいけないのだと、違う相手に身体を開くのは汚らしく不快な行為なのだと信じていた。対価を得て身体を売る娼婦など、この世で最も忌むべき存在で、あんなふうになってはいけない、ああなったら救われないと教え込まれてきた。

レオニダ自身も正しい教えだと信じ、守っていた。出逢えるかどうかは別として、ただひとりの人に操を立てて生きていくのだと。

いま、レオニダはその禁じられたことをしている。

もちろん、まだヴィルジリオにしか触れられてはいない。でも、彼は将来を誓ってくれる夫ではない。

そんな相手に身体を弄ばれているだけなのに、美しい外見に惹かれて、淫らな欲望に塗れている。院長に知られたら叱責される。

(いけないこと……本当にいけないことよ。これを許し続けたら私は娼婦だわ)

レオニダはぐっとヴィルジリオの肩を摑む。これ以上の侵入を防ぐつもりだった。

快感を欲しつつも、幼い頃から教え込まれた倫理観が邪魔をする。一度快楽を知ってしまったのだから、今更なのだけれど。

「素直になれと言っているでしょう」

ヴィルジリオは顔を上げて、肩を摑むレオニダの手のひらを剝がし取ると、乾いた笑い声をたてる。舌を出して形よい唇をちろりと舐める。まるで獲物を狙《ねら》う獣のようだとレオニダは思った。

「人間は誰だって気持ちがいいことが好きだ。特にあなたはそれが強い」

「……そんな、こと」

否定する声が怯えと不安を宿して力を失う。

ヴィルジリオは挑発するみたいに肩を竦め、レオニダの濡れた秘所の中で指を大きく広げた。二本の指先が淫楽の居場所を突いて、くちゅくちゅと擦る。

「や、ぁ……ぁ……あ、あっ、あん……」

止めようとした分、激しくなった指の動きに、レオニダは思わず大きく腰を蠢かせてしまう。浮き上がった尻の動きは、きっとヴィルジリオにはさぞかし淫猥《いんわい》に見えていることだろう。

その証拠にヴィルジリオの頰から蔑《さげす》むような笑みが消えない。

こんな顔をされても、レオニダは彼の美しさに見惚れている。酷薄な言葉を繰り返し投げられているのに、無理矢理身体を開かれているのに、どうして惹かれてしまうのだろう。

簡単な話だ。

ヴィルジリオが美しくて、初対面のときの光の威圧を忘れることができないのだ。あの瞬間の神々しさにいまでも心が縛られている。

「レオニダには本能に従って、どんどんいやらしい女になって欲しいんです」

穏やかに、だが冷たく言い放つと、ヴィルジリオは再びレオニダの足の付け根にちゅっとくちづけた。同時に指先が敏感な粘膜を強くにじった。

「っ……っ、ぁあ、あっ、あぁぁあ……んんっ」

レオニダはヒステリックな悲鳴をあげて、身体を大きく跳ね返らせた。

第四章　哀しいはじまり

レオニダは、恍惚の絶頂から力尽きるように崩れ落ちた。乱れたシーツが肌に触れる。

「あなたは充分、役に立ってくれそうです。私の目に間違いはなかった。今度こそ」

「……今度こそ？」

言葉の最後を咎《とが》めるように訊き返す。

「あなたの前にも何人か来ていただいたんですけれど、誰ひとり望んだ通りになってくれなかった。まさに見かけ倒しでした」

棘のある口調で吐き捨てて、ヴィルジリオは床から毛布を拾い上げ、無造作に裸のレオニダにかけた。

「ただ美しいだけの女なんてなんの意味もないんです。私に勝手に期待して、恋されるのも困る。私にとって女も男も、ただの道具でしかない」

ヴィルジリオはシャツの襟を整え、上着の袖口を直す。レオニダを一瞥《いちべつ》すらしない。レオニダの肉欲を攻め立てたのに、ほとんど乱れていない金髪をさっと掻き上げる。指先がしなやかに動く。

「欲しいのは私のために娼婦になれる人間です」

「それじゃあ、私は……」

レオニダは毛布を胸元に巻きつけながら、重たい身体を起こした。ヴィルジリオの冷淡な背中を見上げる。

「やっと、理解できましたか。やはりきちんと教育を受けていない人は敏《さと》くなくて困りますね。ちょっと疲れるな」

ヴィルジリオは大袈裟《おおげさ》に首を回し、くくっと笑う。緑色の上着の襟が少し歪んだ。

「この国の大公や高級貴族たちは好色な者が多いんです。彼らへの献上品が欲しかった」

「そんなこと……」

「ひどいと思いますか？」

「ひどいです。私はっ」

レオニダは身体を浮かすようにして叫んだ。

「どこがひどいんです？」

ヴィルジリオはやっとレオニダを振り返った。美しい眼差しが研《と》ぎ澄ました鏃《やじり》みたいに鋭く突き刺さる。レオニダは実際には刺されていないのにおぞましいほどの激痛を覚えて、短く悲鳴をあげた。

「あなたに他に価値がありますか？　もしあるなら私に説明してみてください」

ヴィルジリオは冷酷に追い打ちをかけてくる。こんな言い方をされて、的確な反論ができるはずがないのだ。レオニダは本当になにも教養がないのだ。言葉で攻撃されたら返す刃《やいば》はない。

レオニダはふわふわの毛布を握り締め、何度も弄ばれた裸の乳房に視線を落とした。言葉はおろか、泣くための声すら出なかった。

「ないでしょう」

ヴィルジリオは一応レオニダの返事を待つ間を持ってくれたが、納得するものが返ってくるなどとは考えていなかったのだろう。まさにばっさりという形で言い切られた。冷めた眼差しがふっとやわらかく崩れる。でも微笑みではない。蔑みだけが色濃く窺《うかが》える。

「施設育ちらしからぬ美しい顔。そしていやらしい敏感な身体。あなたにはそれ以外になんの価値もない。少なくとも私にとっては」

ヴィルジリオは口角を笑みのような形に歪ませた。なにも知らなければ、こんな残酷で悲しい言葉を言われてさえいなければ、なんて綺麗な微笑みなのだろうと見惚れたに違いない。

でも、いまは。

(恐ろしい人。恐ろしくて冷たい人。人間を物みたいに)

レオニダは思わず毛布に顔を埋《うず》めた。不安な嗚咽《おえつ》をぐっと抑え込む。苦しくて切なくて、悲しくてたまらない。

「だから、その価値を生かしてください。難しいことはない。もちろん、ほんの少しお教えしなければならないことはありますが、いまのままでも充分淫らなあなたですから、なんの問題もなくできるようになります。きっとマナーや教養を身につけるより早いはずです」

急に口調を優しく変えて、ヴィルジリオはレオニダのむき出しの肩に触れた。咄嗟にレオニダはヴィルジリオを払い除けてしまった。

その流れで顔を上げ、きつく睨《にら》みつける。

ヴィルジリオは別段驚く様子もなく、ただ穏やかに微笑むだけだった。

「いい顔をしますね」

からかうように首を傾げる。

「それくらい強ければ安心だ」

「帰ります」

「はい?」

レオニダはきっぱりと言った。

本当に意味がわからないと言いたげに、ヴィルジリオが目を見開く。こんな表情さえ、やはり悔しいくらいの美貌だ。

そして、改めてこの神々しいまでの美貌に安直に惹かれてしまった自分を情けなく思う。

こんな歪んだ欲望と毒を持つが故《ゆえ》の美しさだったのに。

「施設に帰ります。こんな騙されたみたいなのは嫌です。娼婦にされるくらいなら施設のほうが……」

「帰れると思っているんですか？」

レオニダの言葉を無情に遮り、ヴィルジリオが素早く顎を掴む。ぐうっと鷲掴みするように引き上げられ、上半身が持っていかれる。近づきたくなどないのに美しい顔が接近する。

ヴィルジリオが目線を合わせて身を屈《かが》めたから余計に近い。

胸を包んでいた毛布がずり落ちる。まだ全裸が晒されてしまう。

「私が嫌だと言えば……」

「あなたは甘いな」

ヴィルジリオの笑みが残忍に彩られた。細められた瞳がとことん冷たく鋭い。

「そんな簡単なものだと思っているんですか？」

「え……」

ヴィルジリオは戸惑うレオニダの顎をさらに上に向かせた。

「私は自分の野望のためになら自分だって当然切り売りするし、してきた。当たり前のことです。それくらいの覚悟がなければ下級貴族が這い上がるなんてできやしない」

歌うように、それでいて冷酷に囁く。瞳の底でまがまがしい光が鈍く揺れる。

レオニダは恐ろしさに身を竦めた。顔を背けたくても顎をとらわれていてはどうにもならない。目を閉じることもできない。

「……でも、そんなの、私には関係が……」

「そうですね」

ヴィルジリオは、レオニダのかろうじての抗いに小さく頷いた。瞳の光が弱まったように思えた。

(わかって、くれたの……？)

レオニダは縋る思いでヴィルジリオを見つめる。

たったひとりの運命の男性でもないのに肌を探られ、浅ましい肉欲に気づかされたけれど、まだやり直せる。施設に戻って神さまに懺悔《ざんげ》をすれば、振り出しに戻れる。あんな快感もきっと忘れられる。

ヴィルジリオみたいに夢のような美しい男性にはもう出逢えないだろうけれど、レオニダに見合った誠実な人ときっと生きていけるはずだ。

このまま、ここにいたらどんどん淫楽を教え込まれ、本当に貴族たちのための娼婦にされてしまうだろう。

(そんなのは絶対にいやっ)

施設での暮らしに戻りたいわけではないけれど、不特定多数の男たちの慰み者になるよりは何十倍もましだ。食べるものに困っても、手足が汚れて、身体からいい匂《にお》いなどしなくても、本当の意味で穢《けが》れたくはない。

「私と出逢う前のあなたなら関係はありませんでしたね」

ヴィルジリオが妙に明るく見える笑顔を作った。それまでのまがまがしさの対極にある表情なのに、レオニダにはこちらのほうがよっぽど怖かった。美しい悪魔がいると思った。

いや、美しいからこそ悪魔なのか。

天から堕《お》ちた者たちはいつも、蠱惑的《こわくてき》で魅力的だ。認めたくはないけれど、絵画の中でもそう描かれていて、目を惹かれ、寄せつけられる。

でも、近づいてはいけないし、捕まってはいけない。もちろん、見惚れてもいけない。

(私は最初に見惚れてしまった。光を見誤ってしまった。だけど、まだ間に合うはずだわ)

レオニダは恐れる心を奮い立たせて、ヴィルジリオを見つめた。受け止めて、ヴィルジリオも見つめ返してくる。翡翠色の瞳はどう否定しても、やはり美しい。堕落の光でも、誰よりも眩しい。

この光をまがいものだと気づくのは、世間知らずのレオニダには難しかったのだ。

(だから、まだ戻れば、神さまは許してくださるわ)

レオニダは顎を掴むヴィルジリオの手を剥がそうと指をかけた。だが、食い込んだみたいにどうにもならない。かえって肌にめり込んでくる。

「侯爵さま……痛い、です」

「あなたがわからないことを言うからだ」

ヴィルジリオはレオニダの抵抗をさらりと躱し、余裕の笑みをたたえ続ける。翡翠色の瞳が酷薄に閃《ひらめ》く。

レオニダは改めてぞくりとした。

この美しく恐ろしい悪魔にもう魅入られてしまって、逃れられはしないのか。どんな抗いも笑っておしまいなのか。

「離して……」

レオニダの声が苦痛に歪んだ。とらえられた顎と無理に上を向かされた項《うなじ》が痛い。呼吸が苦しい。

「あなたが立場を理解しようとしないからです」

「だけど、私はあなたの貴族としての生き方には関係ない……」

「よくもそんな」

ヴィルジリオがにやりと笑む。

「だったら、あの修道院と施設に寄付した十ドゥカーティ、返していただけますか？」

「十ドゥカーティっ？」

レオニダはぎょっとした。

そんな金額見たことも聞いたこともない。

というより、施設での生活で金銭に触れたことはなかった。銅貨ですら手に持ったことはない。あの暮らしの中で食べたり飲んだり、身につけたりしたものはすべて寄付によるものだった。他人の厚意の中で生きていたのだ。

中にはこうやってヴィルジリオのように多額の寄付をした者もいたのだろうが、院長の口から聞かされたことは一度たりともなかった。レオニダを売買するみたいに寄付された金の話すらレオニダ自身の耳には入らない。

「返せますか？」

「そんなの無理です。私は無一文です。修道院だって施設だって、そんなお金を払ったら完全に立ちゆかなくなります」

レオニダは顎をとらえられた不自由な中でも首を横に振った。

「でしょうね」

ヴィルジリオがさも当然とばかりに頷く。

「修道院も施設もとっくに使い道の算段をつけているだろうし、当然あなたになど返せるわけがないと思って言いましたから、いま」

「なんてひどい……」

「ひどいのはあなたのほうでしょう」

美しい眼差しがまっすぐにレオニダを見据える。悪い男なのに、どうしても見惚れてしまう。

(なんてひどい……なんてずるい……この人は本当に悪魔だわ)

レオニダはがくがくと震えはじめる身体を抑えることができなかった。

「私が払った分くらいは役に立っていただかないと困ります」

「……でも、それは寄付、なんでしょう?」

レオニダが言い返すと、ヴィルジリオは彼女の顎を突き飛ばすように放り出し、箍《たが》が外れたように笑いはじめた。醜悪でいびつな響きだった。レオニダは咄嗟に耳を塞《ふさ》いだ。

「あなたは面白いくらい清らかな人だな」

ヴィルジリオの歪んだ声は強く耳を押さえても、しっかりと聞こえてくる。聴覚までもが恐怖に震えている。

「そんな、耳を塞いだって意味はありませんよ」

ヴィルジリオはベッドに膝をつき、レオニダの手のひらを耳から剝がし取った。

「全部ちゃんと聞いて、しっかり私のために生きていただかないと」

「……侯爵さま」

「あなたは十ドゥカーティで買い取った娼婦なんだから」

ヴィルジリオはレオニダをベッドへ押さえつけ、腰のあたりに跨《また》がった。食いつくような勢いで唇を奪い、呼吸する間も与えずに舌を押し入れる。

「は……んっ」

レオニダはびくんと爆ぜて、もがいた。ヴィルジリオはか弱い小動物の息の根を止めるみたいに残酷に的確にレオニダの乳房を摑んだ。揉むなどという優しい扱いではなく、毟り取られそうな激しさでしだかれる。快感どころか痛みしかない。

レオニダは塞がれた唇の奥で、小刻みに悲鳴をあげた。

甲高い喘ぎとともに達したレオニダを冷たく見下ろしながら、ヴィルジリオがゆっくりと上着を脱ぎ、シャツのボタンを外す。恍惚の隙間から見上げるヴィルジリオの鎖骨のラインが美しい。こんなところまで隙なく整っている。いっそ卑怯《ひきょう》なくらいだ。

「これから、あなたを本当の娼婦にするための手ほどきをはじめます。レオニダは一切私に逆らってはいけない。最初は痛くとも、すぐに快感に変わる。なにもかもすべて私に差し出しなさい」

ヴィルジリオはそう囁き、レオニダの腿を撫でた。滑らかな動きに、レオニダはびくっと震える。絶頂までいった後だから些細《ささい》な接触でも感じてしまう。

「ほら、あなたの身体はもう期待でいっぱいだ」

「……そんなんじゃ……」

首を振って否定しようとして、いまヴィルジリオから逆らってはいけないと言われたばかりだと気づく。レオニダは動きを止めた。

「そう。それでいい。レオニダはいい子だね」

ヴィルジリオが微笑む。残酷な本性を知っていても、素直に綺麗だと思える表情だった。

「これから私がすることをちゃんと覚えるんだよ。この身体でね」

言葉を重ねながら、ヴィルジリオはレオニダの足を大きく開かせた。ぴちゃっと小さな水音がしたように思ったのは、たぶん勘違いではない。達した部分はまだ湿り気を持っている。

「ふっ、本当にいやらしい女だね。期待でこんなに濡れて」

ヴィルジリオは嘲笑《ちょうしょう》交じりに、歌うように言う。

期待でそうなっているのではない。ヴィルジリオが指で再び穿ち、突き、擦り上げたからだ。形よい指先と唇が弄んだから、その余韻で濡れているだけなのだ。

(私はいやらしくなんかない……っ!)

レオニダは声にできない抵抗を胸の奥底で叫んだ。発することができるのなら、許されるのなら絶叫に近いものになっただろう。

「これならいきなりでも充分受け入れられる。本当に娼婦になるべくして生まれた身体だな。見た目は少女の清らかさで身体は娼婦の淫らさを持つなんて、男の理想だよ、レオニダ」

「……私、そんな……」

レオニダは力なくぼそりと呟く。ヴィルジリオは聞こえないふりで、レオニダの湿っているであろう茂みに触れる。

「ああ、驚くくらいびしょびしょだ。この蜜壺《みつつぼ》ならどんな好色どもも満足する」

ヴィルジリオは、いかにも嬉しそうにレオニダの肉の合わせ目に指を滑らせた。くちゅっと粘っこい音がした。

「っ……あっ」

レオニダは自分でも大袈裟だと思ってしまうくらい大きく身体を反らした。達した後だからなのか、この程度触れられただけでも、身体中に痺れが広がる。下腹部が濡れて疼く。

「また中からこぼれてきた。いやらしい蜜が」

そう言うと、ヴィルジリオはレオニダの最も女を主張する部分に強張《こわば》りを宛《あ》てがった。見えなくても指ではないことがその重量感でわかる。

「な、なにを……？」

「あなたの身体がこれから覚えなければいけないもの。きっと気持ちよくて、大好きになるよ」

ヴィルジリオはゆったりと双眸を細め、レオニダを見つめ下ろす。長い睫毛が庇《ひさし》のような影を作り、翡翠色の瞳がいつになく黒く見える。

「痛いのは最初だけだから、あまり下品な声をあげないようにね」

「侯爵……さま？」

レオニダは恐る恐るヴィルジリオの二の腕に触れた。ヴィルジリオが微笑む。

「いくよ、レオニダ」

「いく、って……？」

問いかけた言葉が途中で途切れる。

太く硬いものが身体の中に入り込んでくるのがわかった。めりっと肌の裂ける感触までが生々しく伝わってきた。

「ひ、ぃ……い、やぁあっ、いたいっっ！」

レオニダは身体が真っ二つに折れそうなほどに仰け反り、腕を突っ張らせ、ヴィルジリオを遠ざけようとした。

それなのに、ヴィルジリオは離れるどころか強引に近づいてきた。下腹部同士がぞっとするほど密着する。硬い重量感が身体の奥を裂き、びくんと蠢く。

「いやっ、やっ……いやっ……っ」

レオニダは顔を左右に振り、手足を揺らして痛みを訴えたが、ヴィルジリオは冷たく笑むばかりだ。ぐいっと腰を押しつけ、レオニダの痛みをさらに強くする。

「痛いっ、やっ……いた、いっ……許して、ぇっっ」

激痛を叫ぶたび、目尻に涙が溜まっていく。視界がよれて滲む。

どうして、こんなものが身体に入っているのか。入っている痛みに耐えねばならないのか。

この痛みがどうしたら快感に変わるというのか。

レオニダにはまったくわからなかった。

ただ、いま、この苦痛から逃れたくて、暴れ、声をあげ続けた。

ヴィルジリオは腰を回すようにして、ふたりの結合を確かめると、ふふっと乾いた笑いをこぼした。

「最初だけだと言ったよね、レオニダ」

同時に漏れた声もひどく乾いている。

くっついた下腹部の感触を堪能するみたいに腰を振る。そのたびにレオニダは苦しくて痛い。逃げ場なく押し潰された身体が重たい。

「すぐにこれが欲しくてたまらなくなる。そういう女になるんだよ」

「いやっ……いやっ……ならないっ……そんなの、ならないっ……っ」

レオニダがそう逆らうのを待っていたかのように、ヴィルジリオは身体を起こした。

「大丈夫。あなたはすぐにこうされることを悦ぶいい女になる」

ヴィルジリオはレオニダの足を抱え上げ、少しだけ腰を引く。ずるりと体内から痛みの元が抜ける。レオニダはわずかに安堵めいた息を吐く。

「いま、とても素敵な顔をしたね」

「……え」

レオニダが驚く間もなく、額に唇を寄せてから、ヴィルジリオはまた身体を押し込んだ。さっきよりも重量と硬さを増したものが深く入ってくる。

「くっ……っ、あっ」

レオニダは痛みのあまり仰け反った。

「やだ……ぁ……」

ヴィルジリオはおかまいなしに腰を引いては貫く。

「……んっ……ぁっ、あっ」

レオニダは異物が巻き起こす苦痛に首を振りつつも、完全には抵抗しきれずに、ヴィルジリオの身体の動きに揺すられる。奥底は痛むのに、濡れた部分は容易にヴィルジリオを受け入れ、抽挿《ちゅうそう》に合わせて蠢いている。

「……ぁあ……あっ、や……やっ」

押し入られる痛みと異物感は凄まじいのに、声はいつの間にか苦痛を訴えるものではなくなりつつあった。それが自分でもあからさまにわかって、ぞっとする。

嫌なのに、つらいのに、なぜ甘えたような喘ぎになるのか。

重たくのしかかり、腰を律動させるヴィルジリオがおぞましくてならないのに、どうして気がつくと縋りつくみたいに腕を回しているのか。

ヴィルジリオの項に回した腕を慌てて離し、「いやなのだ」と心の中で何度も言い聞かせる。

でも、少し身体を揺すられると、またヴィルジリオに縋りつき、甘ったるくねだる声をあげている。

まだ挿入は痛い。

でも抜かれたら心細くて、戻ってきて、また埋めて欲しくなる。奥底まで穿って、敏感な粘膜を擦られたい。

どうして。

どうして、こんな痛いものが欲しいのか。

この身体はどうなってしまったのだろう。完全に悪魔に魅入られてしまったのか。

(いや……いや……こんなの、いや)

頭では否定を繰り返すけれど、外に出るのは悦びにも似た声。

そして、腕はヴィルジリオに抱きついている。

どうして。

どうしてしまったの。

「ほら、やっぱり。気持ちよくなってきたね。レオニダ、いいよ、可愛い。もっと悦んで、素敵な声を聞かせて」

ヴィルジリオの低い声が耳朶を滑る。

またレオニダはヴィルジリオにしがみつく。汗ばんだ熱い肌が重なり合う。ヴィルジリオの腰の動きが早くなる。尾骨のあたりが軋《きし》む。

「あ、んっ……んっ……や、……いっ」

早く激しく、深く熱く、強く執拗に抽挿が繰り返され、レオニダは痛いのか苦しいのか、それとも本当にヴィルジリオが言う通り気持ちがいいのかわからなくなって、ただ声をあげ続ける。

「あ、あっ……ぁあっ……侯爵、さま……ぁ……侯爵さま……っ」

「いいよ。可愛い。本当に可愛い。もっと悦んで、レオニダの中にいる私を感じて」

ヴィルジリオの囁きが優しい。

「レオニダはいい子だ。いやらしくていい子。これはいけないことじゃない。あなたが一層美しくいい女になる大切な儀式だ」

ヴィルジリオはぐいっと腰を進めると、大きく抉《えぐ》るように回した。途端に、レオニダの中で痛みが大部分だったはずの挿入が言いようのない快感に変わった。

「ふ、ぁあっ……あっ、ああ……っ」

レオニダは大きく身体をしならせ、ヴィルジリオの背中に爪を立てる。膝が震え、腰に力が入らなくなる。

「ああ……っ、あっ」

悦楽に満ちた声が部屋中に広がる。

「レオニダ。いいよ。そうだ。その声。可愛くて素敵だ。もっと、もっと聞かせて」

ヴィルジリオの甘すぎる囁きにレオニダの最後の理性が無残に崩れ落ちていった。

第五章　禁断の快楽

レオニダの一日はとにかくいびつだった。施設にいた頃のような規則正しさはかけらもない。炊事洗濯や子どもの世話がなくなったのと同時に、心のよりどころだった神に祈る時間も自由も与えられていない。

前夜のヴィルジリオの手ほどきが激しく長かったりすれば、午前中に起きられないこともあるから、朝食の時間すらまちまちだった。ひどいときなど、まともな食事も取れずに一日中ヴィルジリオの行為を受けていたこともある。

ヴィルジリオの都合次第だから、ドレスを脱がされるのは朝も夜も関係ない。ひとつ叩いて一呼吸置き、ふたつ叩く、独特のノックがヴィルジリオの癖で、それが聞こえたら、たとえマナーや語学の勉強中であろうと、ピアノのレッスン中であろうと皆、部屋から引き揚げていく。ヴィルジリオとレオニダのふたりきりにされる。

あとはお決まりの淫楽が支配する時間だ。

この屋敷に来て、一日たりともヴィルジリオの手ほどきがなかった日はない。いつの間にか身体は快感に慣れ、なくてはならないものになってしまったが、溺《おぼ》れて酔い痴れる自分はいまでもはしたないと思う。

ベッドやソファーに押し倒され、ドレスの胸元を開かれて、裾を捲《めく》られるたびに、一応の抗いはいまだにする。でも、形式だけのもので、すぐに快楽に沈んでいくのだ。いやらしい声をあげ、触れられた部分をねっとりと濡らして。

淫らな時間があまりにも長すぎて、平素のときでも身体が震えそうになって、慌てることもある。思考がぼんやりしてしまうのも、いけないことに耽溺《たんでき》しているからなのだ。

(本当に駄目になってしまった……)

ピアノのレッスンを終え、ダンスの教師がやってくるまでの束《つか》の間《ま》、レオニダはソファーに気だるい身体を横たえる。

実は今日はまだヴィルジリオに逢っていない。もう昼食も済んだ時間なのに。

昨日の手ほどきは夕食前で、ヴィルジリオは食事をせずに外出した。以来顔を合わせていないのだ。帰宅したのかどうかもわからない。執事のヴァレンテや世話係のミーナに訊けば、ヴィルジリオがいま屋敷にいるのかどうかすぐに判明するのだが、なぜか確認するのが怖かった。

ヴィルジリオが昨夜帰らなかったからといって、レオニダには責める資格はない。彼は恋人でも夫でもない。ヴィルジリオから見れば、レオニダは同居人ですらなく、娼婦にするべく教育中の小娘に過ぎないのだから、どこに行っていたのかなんて質問もされたくはあるまい。

大丈夫。

そんなことはわきまえている。

ただ、もし今日の手ほどきがないのなら、身体が楽だと思っただけ。

（そうよ。それだけだわ）

レオニダは自分に言い聞かせるみたいに目を閉じた。ふうっと睡魔が降りてくる。慣れない勉強やレッスンに、快楽こそあるけれど身体も心も摩耗《まもう》する手ほどきばかりの毎日に、すっかり疲れきっている。

覚えたばかりの文字で院長に、楽しく幸せだと気取った嘘《うそ》の手紙も書かされた。院長や施設の皆はあれを素直に信じるだろう。

まさか、レオニダの扱いが娼婦だなんて、想像もしていないのだから、本当によかったと喜んでしまうに違いない。

この屋敷と施設以外の場所を知らないレオニダには救いを求めるところはない。逃げ出せば施設はヴィルジリオに十ドゥカーティの返金を求められる。返せっこないのだから施設は崩壊する。

（……でも、もう逃げ出すなんて現実的じゃない）

身体は穢れている。

しかも、その穢れた淫楽から離れられなくなっている。逃げ出しても、気持ちいいことを隅々まで知ってしまった身体をもてあまし、結局は誰か抱いてくれる人を探す羽目になる。施設にも戻れず、生きていくために行きずりの相手に快感を求めるようになるかもしれない。

この屋敷に守られた娼婦よりよっぽど惨めだ。

(こんなに淫らなことに弱いだなんて、思わなかった)

ひとりでいても、授業やレッスンがなければ、ヴィルジリオの熱い手のひらとくちづけ、体内に押し入る重量感を思い出し、身悶《みもだ》えてしまう。嫌だ、忌まわしいと思いながら、快楽を待ち侘《わ》びている。

ヴィルジリオが自分の知らないどこかにいるのが耐えがたい。

悪魔のような男なのに、あの美しさも残酷さも、レオニダをとらえて離さない。

レオニダはひとつ大きく溜息をつく。テーブルに置かれた空っぽのティーカップが妙に滲む。泣いているわけでもないのに視界がぼやける。

「なに……？」

身体の芯から熱くなってきて、膝がびくんと揺れた。

まるで深く触れられたときのように身体が疼く。なにに反応してしまったのだろう。ヴィルジリオのことを考えたからか。

レオニダは慌てて膝頭を押さえつけた。強く手のひらで摑んだのに、膝ばかりか身体中の震えはひどくなるばかりだ。昨日のヴィルジリオの手ほどきから二十時間近く放っておかれて、身体が飢えはじめたらしい。

もうそれくらい快楽を貪《むさぼ》ることに溺れている。

「ああ……」

レオニダは湿った呻《うめ》きを漏らし、ソファーの上で身体の位置をずらす。もちろんそんなことで埋火《うずみび》のように火照った肌は収まらない。疼きは動いたことでかえって強くなっている。

「……もう」

レオニダは見えない肉欲に軽く身体を上下させる。ソファーの足がみしっと鳴った。

(もう、駄目)

誰も触れてくれないのなら、自分で触れればいい。ヴィルジリオからの手ほどきで、どこをどうすればいいか、充分わかっている。

(いけないこと……でも、誰も見ていない。いまなら、誰も……神さまだって許してくださるはずだわ)

勝手に都合よく解釈して、レオニダはドレスの上から自らの乳房に触れた。下着をつけないように言われているから、エンパイアデザインのシンプルなドレスを透かして先端の粒が尖っているのがわかる。

こうなっているとき、女の身体は欲しがって反応しているのだと、ヴィルジリオから教わっている。

「あ……私……欲しいんだわ、やっぱり」

確認したことで、ますます身体の疼きが強くなる。快感が欲しい。本当は自分の指でなんか足りはしないけれど、いまは他に慰めてくれる人はいない。

レオニダはゆっくりと乳房を回すように揉みしだいた。

「ん……っ」

指の触れたところから全身に恍惚の痺れが広がる。中指の腹が粒をにじり、さらに身体を昂ぶらせる。

「……はぁ」

レオニダは乳房を狂おしい思いで揉みながら、ぎこちなく両膝を立てた。はしたない形で開き、乱れるドレスの裾をそっと摑む。

これを捲ってしまったら、本当に淫猥な沼に堕ちる。ヴィルジリオに強いられているからなんて言い訳はつかなくなる。本当は神さまだって許してはくれない。わかっている。

でも。

レオニダはきゅっと膝を摑んでから、思いきってドレスの裾を捲り上げた。するすると足がむき出しになっていく。特に労働もしないのに、丁寧に洗い、精油を塗り込められている真っ白な肌はいつもいい匂いがする。まるで自分のものではないみたいに。

「はぁ……ん」

レオニダは甘ったるく吐息を漏らし、手のひらを太腿に滑らせる。指先がおどおどと茂みを掻き分ける。濡れているのがすぐにわかった。

欲しがっている。

どうしようもないくらい、快感を求めている。

こんなになっているのに我慢できるはずがない。

(神さま、お許しください)

レオニダは心の中で、きっと最後になるであろう十字を切り、指先を濡れた部分に添えた。待ち焦がれていた感触に身体の内側から震えがわき上がる。

「ああ……」

レオニダは切なく喘ぐ。

こんなにも快楽を待ち焦がれていたのだ。浅ましく醜く、きっと神さまも院長も修道院や施設の皆も許してはくれない行為だとわかっていてもなお。

レオニダは指をやわらかく這わせ、特に潤って膨らんだ部分を見つけ出すと、つまむようにして擦り上げた。

「は、ぁ、あっ……あっ、あ……いい」

気持ちがいい。

自分で触れてもこんなにも震える。

もっと、もっと気持ちよくなりたい。

もっと濡れたい。

レオニダは淫靡な悦びを求めることに夢中になり、指を動かし続けた。奥底から生ぬるい蜜が溢れてこぼれる。止まらない。快感も一層激しく濃くレオニダを包み込む。

「あ、ぁんっ……ンっ……あっ、あっ」

溺れきった声もどんどん大きくなる。

レオニダひとりきりのはずの部屋からこんな声が漏れたら、屋敷の人間がどう思うかなど、考えていられる余裕はなかった。

気持ちいい。

どうして、こんなになるの。

こんなに気持ちがいいの。

侯爵さま、早く来て。

お願い。早く私を抱いて。

めちゃくちゃにして。気持ちよくして。

レオニダは快楽のままに指を動かす。足が震え、ソファーから滑り落ちる。身体が仰け反り、痙攣したみたいにびくびくしている。

もうすぐ絶頂が来る。

「あ、あっ、ああっ」

レオニダは巨大な恍惚の波にさらわれて、虚《うつ》ろに瞬く。室内照明の黄色い光が視界を支配して、肉欲の手助けをしているみたいに思えた。

「……っ!」

そのとき、前触れもなく——本当にノックも靴音もなく、いきなり背後から乳房を鷲摑みにされた。

びくっとして、レオニダは上り詰めかけた頂点から追い落とされる。

指先を緩めて振り返ると、ソファーの背もたれの後ろにダンス教師のジェレミア・リベラトーレがいた。色の白いスマートな男で、髪も瞳も夜空のような漆黒で、翳《かげ》りのある美貌を持っている。ヴィルジリオを光とするなら、まさに影か。

「……ジェレミア先生……?」

レオニダは驚きのあまり、乳房を摑むジェレミアを払うことを忘れた。唖然《あぜん》として寂しげに整ったジェレミアの顔を見上げる。ジェレミアがやわらかく微笑む。

「ちょうどいいところに来ました」

「……え?」

「あなたの乱れるところを見たいと思っていた。どんなふうに旦那さまに抱かれるのだろうと想像をしていたから。見られて嬉しいです」

ジェレミアは首を傾げると、レオニダの乳房から手を外し、ひょいとソファーの背もたれを跨いだ。長く細い足がするっとレオニダの隣に伸びる。遠慮なくレオニダに並んで座ると、自分のシャツのボタンを三つ外す。布地越しに薄く色づいた男の乳首が見えた。

「いいですよね？」

「ジェレミア先生……なにを？」

まだ驚きのまま、抵抗はおろか次の行動さえ取れずにいるレオニダの身体を自分のほうへ向け、ジェレミアはむき出しの腿を撫でた。

その冷たい指先の感触で、レオニダはやっと我に返る。ジェレミアの隣で下腹部をむき出しにしている自分に驚愕し、ドレスを下ろそうとする。

だが、その手を摑まれ、動きを止められた。

「そのままでかまいませんよ」

「馬鹿なことをおっしゃらないで。向こうを向いていてください。すぐに身支度を」

レオニダはジェレミアの手を払い除けようとしたけれど、細身でも男の力だ。まったく敵わない。

「どうせ今日、旦那さまのお帰りは遅いんです。それまで僕が慰めて差し上げますよ」

「やめてください」

「ずっとこうしたかったんです」

ジェレミアはずっと微笑みを絶やさず、レオニダの太腿を撫で、足の付け根をなぞる。

「いつも胸の形がくっきりわかるドレス姿のあなたと身体を寄せてワルツを踊って。なにも感じなかったと思いますか？」

「やめ……てっ」

不躾《ぶしつけ》な指でも敏感な部分に近づけば反応してしまう。声も震えて上擦る。

「欲しかったんでしょう？」

「違います……っ」

足を閉じようとしたが、指先は一瞬早く茂みの奥へ滑り込んでしまった。

「は……ぁっ」

レオニダはびくんと爆ぜた。

「毎日旦那さまに仕込まれて、もう男と快楽なしではいられなくなっている。正直になったほうがいい。それがいまのあなたですよ」

レオニダの耳朶を食むように囁きながら、ジェレミアはたっぷりと潤った割れ目を指で弄る。

「あ、あ……だめ……ぇ、やめ、て……ぁ」

ヴィルジリオほどではないものの、充分女の感じる部分を心得ているのであろうジェレミアの指はあっさりとレオニダの淫楽を追い立てていく。

「んっ、あっ……あっ」

くちゅっと粘つく音がして、指先がレオニダを穿つ。

「は、ぁあっ……っ」

すでに自分で緩めてあった箇所に痺れるような感覚が奔《はし》る。ジェレミアはまるで知っていたかのごとく的確にレオニダを攻める。ますます濡れて止まらなくなる。

レオニダは腰を捩って大きく仰け反り、拒むふりを続けていた足からふわりと力を抜いた。頭の中が真っ白になっている。

いけないのに。

ヴィルジリオとの関係すら、淫らで穢れているのに、この上ジェレミアにまで弄ばれるなんて許されないのに。

思考がうまく働かなくて、身体が気持ちのいいほうへ反応してしまう。なにもかもどうでもよくなる。

相手が大事なのではなく、快楽が好きなのか。

そんな醜悪な身体に――本当に娼婦の身体にされてしまったのだろうか。

だとしたら、レオニダはヴィルジリオを憎まねばならない。殺せるほど憎悪すべきだ。ヴィルジリオさえ現れなければ、知らなかった肉欲の快楽に溺れて懊悩《おうのう》することもなかった。

でも。

でも、でも、でも。

ヴィルジリオの美しさも、手ほどきのときに囁く、偽物だとわかっていても甘ったるい「可愛い」の言葉も、レオニダにはもう拒めない。

貴族たちに献上できる娼婦が欲しいだけの人なのに。

どうしてだろう。

いまでは強く惹かれている。欲しいのはただの快楽ではない。ヴィルジリオがくれる肉の熱さだ。

どんなにそのことに気づき、焦がれはじめたとしても、ヴィルジリオのレオニダへの扱いは絶対に変わらない。美しい眼差しを向けるのも、優しげに微笑むのも、レオニダを狂わせるほど甘く抱くのも、道具にするためだ。

(だって、私は娼婦としてしか役に立たないと最初に宣言されているのだもの……)

レオニダはヴィルジリオを想い、力なく瞼《まぶた》を伏せた。つうっと涙が頬を伝う。

「レオニダはここが好きなところなんですね。すごい。びしょびしょでぬるぬるだ」

ジェレミアは感極まったような声をあげ、指先の動きを早くする。恍惚のてっぺんが近い。

もうすぐだ。

「あっあっ、あっ」

レオニダは小刻みに声をあげ、ジェレミアの腕を摑んだ。

「いきそう？」

ジェレミアに訊かれ、レオニダはかくんと頷く。悦びの声をあげる唇が痙攣したみたいに震える。なにも見たくないのに目が開いてしまう。涙の溜まった視界は潤んで濁って歪んでいる。

「それじゃあ、終わり」

「あ……え？」

上り詰める寸前で梯子《はしご》を外すように指を抜かれ、レオニダの腰が引き攣れた。

「どう、して……」

慌ただしくジェレミアの肩に縋り、下腹部を彼の太腿に擦りつける。

欲しくてたまらないものが摑みかけたところでなくなってしまった。置き去りにされた悦楽が困惑したような疼痛《とうつう》に変わる。

(お願い。やめないで。お願い。おかしくなってしまう。お願い)

レオニダは咽喉《のど》の奥で懇願する。

ジェレミアは穏やかな微笑みを浮かべ、次の快感を求めて揺れるレオニダの身体を見ている。優しい瞳が残忍に思えた。

「欲しい？」

ジェレミアはレオニダをぐっと抱き寄せ、耳元に囁く。レオニダは間髪容《い》れずに頷く。その仕草を見て、ジェレミアが愉快そうに笑う。

「だったら、そうだな。せがんでみてください。ちゃんと声に出して」

「……ジェレミア先生？」

思いがけない言葉に震えて、レオニダはジェレミアを凝視する。ジェレミアは微笑んだままだ。

「欲しいんでしょう。いま、生殺しみたいな状態ですよね？」

「それは……」

「だったらちゃんと言わなくちゃ。レディでもそれは大事ですよ。いや、レディだからこそ言わなければいけないな。これもレッスンだと思って、言ってみてください。欲しいものは欲しいって」

ジェレミアが双眸を強く細める。顔立ちそのものは似ていないのに、雰囲気がひどくヴィルジリオに重なって、レオニダは悲鳴をあげそうになった。

身体ががくがくと震えだす。怖いような、切ないような、言いしれない不安が背筋を撫でて落ちる。レオニダは苦しさに耐えきれず、思いきり息を吸い込んだけれど、あまり多くの空気が入ってこない。逆にもっと苦しくなった。

「さあ、レオニダ、言って。挿入《いれ》て欲しいって」

ジェレミアがレオニダの耳朶を舐め、囁きを吹き込む。レオニダはぶるっと肩を震わせて、顎を上げた。溜まっていた涙がこぼれる。

「言えないなら、なにもしてあげませんよ」

「……っふ……」

ジェレミアの意地悪な声に切なく吐息が溢れる。無意識に腰が揺れる。

「身体はこんなに欲しがっているんだから、素直になりましょう。レオニダ」

言いながら、ジェレミアがまた耳朶を舐める。潤んだ下腹部に溜まった悦楽の疼きと耳を起点にした痺れがずうんっと身体のど真ん中でぶつかり合った。

これ以上はこらえきれなかった。

「レオニダ。たったひとことですよ」

「……て」

思いきってせがんだ声は吐息が乗りすぎて、鈍く掠れた。自身の耳にだけははっきりと届き、レオニダはかっと赤面する。下半身むき出しで異性に抱き寄せられていて、自分でも擦りつけるようにして次を求めておいて、羞恥もなにもあったものではないけれど。

「なに？　よく聞こえない。もっとはっきり伝えなきゃ、わかりませんよ」

ジェレミアが悠然と微笑み、レオニダのドレス越しの背中をさする。やわらかな動きにレオニダはぞくりと腰を浮かす。

「レオニダ？」

「……い、挿入て……お願い、挿入て、ください」

せっつかれたからではなく、本当に本心から欲しかった。貫かれ、淫らに壊されたかった。

一日近くヴィルジリオに触れられていないだけでこんなに飢えてしまうものなのか。

「はい、よくできました。お任せください」

ジェレミアはいかにも嬉しそうに言い放つと、レオニダを抱き上げてベッドに運んだ。


うつ伏せで、尻を突き出すような体勢を取らされる。煌々《こうこう》とした光の中で、濡れた部分はさぞやいやらしく見えることだろう。

だが、そんなことを思い煩う理性などとっくにない。欲しくてたまらないのだ。

(早く、ねぇ、早く)

破瓜《はか》の痛みを味わってから、そう時間は経っていないのに、レオニダの身体は男が押し入ってくる快感を知っている。貪欲《どんよく》に求めてしまう。

ジェレミアはレオニダの足を大きく開かせると、ゆったりと中芯《ちゅうしん》を宛てがい、侵入してきた。

「んっ……」

たっぷり濡れていても、入ってくる瞬間だけは圧迫される痛みを覚える。

でも、本当に瞬間のことに過ぎず、奥底まで貫かれ、律動がはじまる頃には悦びしか感じなくなっているのだ。

ジェレミアの膨張しきったものがレオニダを味わいながら奥へと入り込む。下腹部を押し上げられる感覚さえ、気持ちがいい。

「ん、ぁあ……はぁ」

レオニダは早速淫らな吐息を乱した。

「レオニダ。素晴らしい。あなたの中はねっとりと男をとらえて放さない。魔物みたいだ」

上擦った歓喜の声をあげながら、ジェレミアがのしかかる。

「あ、んっぁ……」

「僕のものはどうですか？　旦那さまとどっちがいい？」

後ろからレオニダの耳朶を食み、腰を深く突き入れて、ジェレミアが囁く。

「いや、ん……そんな」

レオニダは首を横に振ったが、ジェレミアの中芯はヴィルジリオのものより熱く硬い。侵入の際に攻撃的だ。ジェレミアのほうがヴィルジリオより五歳ほど若いからかもしれない。

「まあ、お互いに気持ちよければどうでもいいですね。そんなこと」

そう言い放ち、ジェレミアはぐいっと腰を引く。

「はぁ……ぁっ」

次の激しい侵入を待ち侘びて、レオニダは息を詰めた。その瞬間、まるで引き裂くような勢いでジェレミアが入ってきた。潤んだ粘膜が擦れ捩れる。

「あぁ、あっ……あぅ、すご、い……っ」

飢えていたせいか、レオニダは思わず言ってしまった。刺激と快感が凄まじかった。ヴィルジリオしか知らなかった分、より強烈に響いた。濡れた部分がぴちゃりと音をたてた。

「レオニダ、いいんですね。すごいって、いま言ってくれた……」

ジェレミアは興奮したように腰の動きを早くする。性急な抽挿にレオニダの身体が前後に揺れ動く。

「あ、あっ……あっ」

レオニダは甘く切ない声をあげ続ける。

――ふたりの様子を眺めていた気配が静かにドアを閉めるのに、レオニダが気づくことはなかった。

ミーナにいつもより念入りに精油を塗り込めてもらい、ボートネックになった深い青のドレスを身につけた。バッスルラインを作る腰のあたりにはレースをふんだんに使ってあるが、あまり華やかな雰囲気はない。シンプルな部類に入るだろう。ただ襟元は普通のボートネックよりも深く開いていて、胸の谷間が大きく覗く。

クローゼットには華やかというより、このドレスみたいにシンプルでありながらどこかに妖艶《ようえん》な要素を含ませたデザインが多い。胸元が大きく開いているのが大半で、他には足が透けるようにレースを中心に仕立てられたスカートとか、背中がほぼむき出しになるホルターネックとか。

施設では女性はなるべく肌を露出しないようにと教えられてきたから、与えられたドレスはどれも、とても着られないと思った。貴婦人や淑女のためのものではない。明らかに身体を売り物にする女たちのために考えられたものばかりだった。

本当にヴィルジリオはレオニダを娼婦に仕立てるつもりなのだと、ドレスも見ても溜息が出た。逃げ帰りたかった。

十ドゥカーティの寄付さえ存在しなければ。

この屋敷に来たばかりの頃は、ヴィルジリオに弄ばれ、淫らな技を仕込まれるたびに、そう考えていた。

寄付という名のもとに買い取られた女でさえなければ。

昼となく夜となく引っ張り込まれる快楽の褥《しとね》から、きっと逃げ出していた。身体を売る女になどなりたくなかった。

（でも、いまは……）

レオニダはミーナが結い上げてくれた髪を軽く撫でながら、姿見の中の自分を覗く。屋敷に来た頃より胸が大きくなった。尻も少しふっくらとしている。腕は変わらないけれど、首筋や顎はすっきりとした。

明らかに施設にいたときとは異なっている。

(これを女になったと言うのかしら)

ミーナが「失礼します。下がります」と不愛想に言うのに、鏡越しの会釈を返して、レオニダは鏡に身体を寄せる。吐息で鏡面がほのかに曇る。

そっと胸元に手を下ろす。

ほんの少し前までジェレミアに揉みしだかれ、舐め回されていたふたつの膨らみ。ヴィルジリオの手ほどき以外で達してしまった身体。

なぜ、あんなにも容易く許したのだろう。

十ドゥカーティで買われた以上、ヴィルジリオの意に添わないことをしてはならないのに。ばれないいだろうか。他の男の残滓《ざんし》はないだろうか。

今夜もきっとヴィルジリオはレオニダを抱きに来る。そのベッドの中で、ヴィルジリオはジェレミアの匂いを嗅ぎ取らないだろうか。念入りに肌の手入れをしたレオニダを怪しんだりはしないだろうか。

いくつもの疑問が忙しなく浮かんでは消える。

(もしばれたら、私はどうなるの？　追い出される？　裏切りを詰《なじ》られる？　でも、娼婦になれと言いつけられたのだから、他の男性に抱かれたって……いいえ、駄目だわ。私は侯爵さまに買われたのだから、命じられないことはしてはいけない……それなのに、欲しくてたまらなくて、してしまった)

レオニダは引き攣れるような溜息をつく。また鏡面が曇る。

そのとき、ひとつ叩いて、一呼吸置きふたつ叩く、独特のノックが聞こえた。

(侯爵さまっ？)

はっとして、レオニダはドアに駆け寄る。ドレスの裾が軽く縺れた。履き慣れない踵の高い靴でよろけ、咄嗟に脱ぎ捨ててドアノブを摑んだ。

レオニダが回すよりも先に向こう側からドアが開く。

その隙間からヴィルジリオの美しい翡翠色の瞳が見えた。冴《さ》えた光を宿し、優しくもなく冷たくもない微笑みを湛えている。

「……お、おかえりなさいませ、侯爵さま」

一瞬閊えたが、すぐに立て直して、レオニダは恭《うやうや》しく告げた。ヴィルジリオは無言で口角を引き上げた。今度は露骨なまでに冷酷な笑みの形が浮かんだ。すっかり見慣れて、見分けることができるようになった。

これは蔑みの形だ。

ヴィルジリオは優しさでなどレオニダを見ない。

「ただいま、レオニダ。今日のレッスンはどうだった？」

いつもなら部屋に入ってきてからするはずの問いかけを廊下に立ったままではじめる。今夜は入室してこないつもりなのか。

レオニダはひとつ瞬いてから、「すべて問題はありませんでした」と答える。本当は、問題は起きているけれど、当然言えるはずもない。隠しごとがあることが知られないように、声の震えや上擦りに注意したから、たぶんかなり平素に近かったはずだ。

だが、ヴィルジリオはぴくんと眉根《まゆね》を寄せた。

(ああ、駄目よね。賢い侯爵さまにはばれてしまう。当然だわ)

レオニダは辛辣な叱責を覚悟し、大きく深呼吸をした。

「そうか。それならよかった。いつかあなたと踊ってみたいものだな」

ところが、ヴィルジリオはレオニダの違和について触れようとはせず、いつもと大差ない反応をした。逆にレオニダが不安になる。鼓動が痛いくらいに激しく波打つ。

なにも気づいていないのか。隠しきれたのだろうか。

だとしたら、なぜ、ヴィルジリオは眉を顰《ひそ》めたのだろう。

あの変化はなんだったのか。

レオニダは恐れでヴィルジリオを直視できなくなった。身を竦め、視線を落とす。靴を脱ぎ捨てた素足の先が見える。

（あ……）

不意にヴィルジリオから濃厚で華やかな香りが漂ってきて、胸が閊えた。普段ヴィルジリオは香水などつけない。無臭に近い人だ。出かけることは多いが、こんなふうに香りを纏わりつかせていたことはなかった。

（女の人と、会ってきたということ……？）

肋骨《ろっこつ》の内側が鋭く軋み、痛んだ。香りが絡みつくほど女性と身を寄せ合ってきたのだ。くちづけたり、ドレスの下の肌に触れたりしたのかもしれない。レオニダに与えるような快楽をその女性にも感じさせて、長い時間をともにした。

（だって、ちょうど一日……）

考えれば考えるほど、胸が苦しく切ない。これだけ美しい人に恋人がいないはずはない。レオニダを迎え入れた理由は立身出世の駒にするためだけれど、その人には愛を囁くのだ。大切に愛《いと》しく抱くに違いない。

（恋人……侯爵さまの恋人）

いままでかけらも想像しなかった存在の登場にレオニダはみっともないほど傷ついて、たじろいでいる。

こんな艶やかな香りを身に纏うのはどんな女性だろう。ヴィルジリオに釣り合いの取れる美貌の人か。彼の野心を満たすだけの地位を持つのだろうか。

レオニダの中で香りからの想像が広がっていく。正体を知るのは怖いけれど、顔だけでも見てみたい――ヴィルジリオの恋人。

「侯爵さま、あの……」

「申し訳ないがね、レオニダ。今夜の手ほどきはお休みだ。ちょっと疲れていてね、今夜は自分の部屋で休みたい」

レオニダの言葉を遮って、ヴィルジリオは早口で言いきった。レオニダに口を挟む隙を与えないつもりらしかった。恋人と会って、愛し合った余韻の中でレオニダに触れたくはないし、近づきたくもないということだろう。

だから、今夜は部屋にも入ってこないのだ。

「その素敵なドレスを脱がしてみたかったけれど。また今度だな」

「……あの……またこれを着ます」

そうとしか言いようがなかった。

ヴィルジリオはらしくなく穏やかに微笑むと、「そうしてくれ」と小さく頷き、ドアを閉めた。分厚いドアが視界を奪い、ヴィルジリオをレオニダから遠ざける。

ジェレミアとのことが完全に吹き飛ぶくらい、ヴィルジリオが纏わりつかせた香りは衝撃的だった。

でも、レオニダにはドアを開けて、歩き去っていくヴィルジリオを追ったりはできなかった。

第六章　切ない予感

「レオニダはおねだりもちゃんとできるようになったようだね」

「え……」

ふたりきりのアフタヌーンティーのテーブルで、唐突にヴィルジリオがそう言いだした。びくっとして、レオニダはティーカップを摑んだ手を下ろす。指先が震えている。

やはり、ジェレミアに抱かれたことがばれている？

あの夜、眉を顰めたのは気のせいではなかったのか。

ヴィルジリオが帰宅する頃には身支度を整え終えていたが、隠しきる自信はなかった。でも、疲れているからと、珍しくヴィルジリオは部屋に入ってこなかった。

そして、ジェレミアに抱かれた後ろめたさも、ヴィルジリオから香った濃厚な香りに吹き飛ばされてしまった。レオニダにはヴィルジリオの恋人の存在のほうが大きな衝撃だったのだ。

あれから二日が経つ。

ジェレミアが次に屋敷に現れるのは明後日《あさって》で、たぶんヴィルジリオと顔を合わせてはいない。ヴィルジリオも特に外出することはなかったから、あの香りをまた纏わりつかせていることもない。

朝もなく夜もなく、ヴィルジリオの気の向くときに快楽の手ほどきをされる日々が普通に続いている。

図々しい話だが、レオニダはもうすっかりジェレミアとのベッドを封印し、代わりにヴィルジリオの恋人について知りたいと思いはじめていた。

「……それは、どういうことですか？」

平静を装おうとする声が歪んでねじれる。

「どういうこともなにも」

ひどく楽しげに笑って、ヴィルジリオは焼き菓子をつまむ。形よい唇が丁寧に咀嚼《そしやく》する様子がなぜか卑猥に思えた。

「なにか、あるのですか？」

「そうだねぇ」

ヴィルジリオは焦らすように呟き、口に残っている焼き菓子ごと紅茶を啜《すす》る。繊細なデザインのカップはヴィルジリオの口元でより際立つ。まるで一幅の絵画だ。

でも、見惚れている場合ではない。ジェレミアとのことがばれているのか、いないのか、きちんと知っておきたい。

娼婦になれと言われたけれど、好き勝手に誰とでも抱き合っていいというわけではないだろうから、立派な裏切りに入るはずだ。ただのダンスの教師に過ぎないジェレミアに抱かれてもヴィルジリオの立身の手助けにはならない。余計な肉欲に負けた馬鹿な女と見られるだけだろう。

「侯爵さま？」

レオニダはヴィルジリオの術中に見事はまってしまい、じれったさを覚えながら呼びかけた。ヴィルジリオはふふんと鼻を鳴らす。

「侯爵さまは、なにをおっしゃりたいんですか？」

レオニダは歪みを残した声で訊く。

「どう答えたらレオニダは納得する？」

「は？」

おかしな切り返しをされて、レオニダは戸惑う。

なぜ、ヴィルジリオはまっすぐに答えをくれないのか。ジェレミアに抱かれたレオニダを咎めたいのではないのか。

こんなまどろっこしい会話になんの意味があるのだろう。

(もしかして、私から告白させようとしているの？)

レオニダはヴィルジリオから顔を背け、俯いた。膝の上で組み合わせた指先に力が入りすぎて白くなっている。

「私はね、レオニダ。あなたを責めるつもりはないよ」

心の内を読まれたような気がして、レオニダは勢いよく顔を上げる。ヴィルジリオはまったくレオニダを見てもいなかった。紅茶を啜り、つまらなそうにテーブルの隅に置かれていた本を引き寄せる。長い指先で億劫《おっくう》でたまらないとばかりにページを捲り、なにか読んでいるふりをする。

いっそ責めてくれたほうがいい。冷たく詰ってくれたら、まだ多少は大切な存在なのだとうぬぼれられる。

ヴィルジリオには艶やかな香りを纏う恋人がいるのだから、レオニダなど道具として以外には眼中にも入らないのだろうが、こんなふうに興味はないという態度をされるのが一番つらい。

「むしろ、あなたが自由になってくれてよかったと思っている」

視線を本のページに留《とど》めて、ヴィルジリオは薄っすらと笑む。やはりレオニダを見ようとはしない。

「修道院のお堅い教育を受けて育ったあなたにいくら手ほどきしても、娼婦として使えるか心配だったから。私以外に抱かれたいとおねだりもできるようなら問題はない」

「……侯爵、さま……」

怒っていないのですか、と続けたいけれど、言葉にはできなくて、代わりにぐっと唇を嚙み締めた。

「何度も言うけれど、私はまったく怒っていないし、あなたを責める気もない」

レオニダの気持ちを察してか、ヴィルジリオは同じような言葉を繰り返した。わかっていても重ねられると、本当になんとも思われていないのだと消沈する。

愛される可能性などないとわかっている。

でも、もうちょっと優しさをくれてもいいのではないか。たとえ娼婦にするための拾い物なのだとしても、同じ屋根の下に暮らすようになってもうふた月も経つのだ。

「まあ、今後気軽に余計な男に抱かれて欲しくはないが。私がお願いする相手だけでは息が詰まるだろうし、ジェレミアと相性がいいのなら愛人として許可するよ」

「そ、そんなの、必要ありませんっ！」

レオニダは慌てて、声を張った。嚙み締めていた唇をぷるんと弾いて、想像以上に大きな声になった。

「おや。随分《ずいぶん》と元気のいい」

揶揄するように笑い、ヴィルジリオは残った紅茶を飲み干した。空のカップをソーサーに戻す軽やかな音色さえ上品だった。

「普段もそれくらいはっきりとしゃべりなさい。あなたの望むことがわからなくてミーナが困っているようだから」

「ミーナが……？」

急に話題を変えられて、レオニダは困惑の視線をヴィルジリオに投げた。

勝手に予定外の男に抱かれたことについてはもう終わりなのか。とことん興味がないということか。

「あの子はあの子なりにあなたを心配しているんだろう。あまり愛想のいい子ではないけど、働き者で賢いから、多少は信頼してあげたらどうだ。そうしたらあなたもこの屋敷で気を許す相手ができるし、もう少しのびのびできるよ」

ミーナには初対面から嫌われて、蔑まれているのだろうと、会話をすることさえ怖かった。まさか、そんなふうに考えていてくれたなんて。

でも、なによりも、ヴィルジリオが屋敷でのびのびと過ごせと言ってくれたのが嬉しい。どういう裏があるにせよ、それなりの気使いには違いない。ミーナの話題にかこつけてとはいえ、はじめて見せてくれたヴィルジリオの優しさだった。それだけで、とても嬉しい。

なんの期待もしてはいけない相手だけれど、これくらいの幸せはあってもいい。きっと許されるはずだ。

レオニダは思わずヴィルジリオを見つめた。相変わらずヴィルジリオはこちらを見てはくれないが、美しい眼差しがいつもより近く優しげに見えた。

「ああ、もちろん、自由勝手にのびのびされても困るんだけれどね」

ヴィルジリオはまた辛辣で冷淡な口調に戻り、レオニダの弾みかけた心を凍《い》てつかせる。いや、戻ったというより、一時でも優しい言葉を投げたことを悔やんででもいるように、取りつく島のない冷徹さに切り替わる。

レオニダはわずかに期待してしまった自分を憐《あわ》れんだ。

「あなたには大切な仕事があるんだから」

「……わかって、います」

「これからね、私とジェレミアがあなたの手ほどきをしようと話したのだが、あなたはどう思う？」

唐突にヴィルジリオはとんでもない提案をしてきた。

「どうして、ふたりで……？」

恋人と会う時間を増やしたいから？　恋人以外の女など抱きたくはない？　立て続けに問いかけたかったけれど、感情が先走って言葉にはならなかった。視界が切なさに滲んでいく。

ミーナと仲よくしろなんて急に言いだしたのも、レオニダとの距離を取りたいからに違いない。もともと親しみを持ち合える関係ではないけれど、それでもいままでは自分たちは「手ほどき」という名のもと、ほとんど密着するように過ごしてきた。

「あなたは何人もの男の相手をしなければならないから。私ひとりの癖がついてはあまりよくない気がするんだよ」

ヴィルジリオは別に読んでいなかったであろうページから視線を上げ、やっとレオニダを見た。ふたりの視線は曖昧《あいまい》に絡み合い、見つめ合うほどの間もなく、逃げるようにヴィルジリオのほうが顔を背けた。

「それに、あなたとジェレミアは相性がいいみたいだから……」

「嫌です」

「レオニダ？」

レオニダの抵抗に驚いて、ヴィルジリオは顔の向きを戻した。目を軽く見開いて、レオニダを凝視する。翡翠色の瞳が揺らぐ。

「私は侯爵さまに買われた女です。だから、侯爵さまがいいんです」

レオニダは自分でも驚くほどはっきりと答えていた。ヴィルジリオが意外そうに眉根を寄せた。

(侯爵さまがいいんです……いま侯爵さまに言われて、自分でも言葉にして、改めて気づきました……いえ、気づけました。私は侯爵さまのためになりたい。侯爵さまの望むように、侯爵さまのお役に立ちたい。侯爵さまのためになら喜んで娼婦になる。いくらでも穢れる。これがこれからの私のすべきこと……私は侯爵さまを「愛して」いく)

レオニダは、急に心の中にすとんとなにかが落ちていくのを感じた。改めて言葉にしてみたからなのか。

　これは普通の恋愛感情とは異なるのかもしれないが、レオニダには間違いなくヴィルジリオへの愛情が満ちはじめている。替えなどきかない。至上の愛だ。

（そう。私は侯爵さまのために生きる。他にはなにもいらない。望まない）

　レオニダはまた自分に言い聞かせるみたいに脳裏で繰り返した。

「そんなことを言っても、結局あなたは他の男にも抱かれるんだよ。そのための準備をしているのだから、いまから違う手にも慣れていたほうがいいだろう？」

　驚いたり焦ったりしているわけではないのだろうが、ヴィルジリオの口調が早くなる。

「それでも嫌です」

　レオニダは大きく頭を横に振った。軽く束ねただけの髪が肩で波打ち、頬に当たる。

「わがままな人だな」

　ヴィルジリオは呆《あき》れたように、だが確かに少しだけ照れ臭そうに笑んだ。もちろん気のせいだとはわかっている。

　その錯覚がレオニダには妙に嬉しかった。

「あまり私に慣れないほうが」

「本当に、侯爵さまがいいんです」

　似たようなやりとりをもう一度繰り返すと、ヴィルジリオが手を伸ばしてきた。やわらかくレオニダの顎に触れ、微かに上を向かせる。

「侯爵さま……」

びくりとして、レオニダは上目使いにヴィルジリオを窺う。

「そう望むのなら、私が引き続き手ほどきしよう」

ヴィリジリオは双眸を細め、ゆっくりと顔を近づける。唇が重なる予感に、レオニダは静かに瞼を閉じた。


数時間の手ほどきの後、目を覚ますと、ひとりきりのベッドだった。まだ薄暗い部屋の中で身体を起こし、レオニダはソファーの背もたれにかけられたドレスを摑んだ。

淡い緋色、繊細なレースで縁取られた細い肩紐《かたひも》のついたエンパイアデザインで、裾にリボンで花を象《かたど》った飾りがいくつかついている。透け感のある素材で、身につけると脛のラインがだいぶわかる。

それでもクローゼットのドレスの中では地味なほうだ。

「少し寒いわね」

ドレスを着てみると、わずかに肌寒い。レオニダはクローゼットを開き、薄手のストールを摑んだ。肩を包むように羽織り、ひとつ溜息をつく。

目覚めてしまうには早すぎる時間だと改めて思う。

でも、もう眠れないだろう。

屋敷の敷地であれば自由に行動してかまわないと言われているが、レオニダはこの部屋と食堂、豊かな光が差し込む居間くらいしか入ったことはない。手入れはされていなくても花々が咲きこぼれる中庭を歩いてみたいとは思うけれど、授業やレッスン、ヴィルジリオの手ほどきで一日の大半が潰れてしまい、なかなか時間が取れずにいる。

（いまなら……）

もうヴィルジリオが部屋を訪ねてくることはないだろうし、朝食までもだいぶ間がある。充分、中庭の散策くらいならできる。

中庭に繋《つな》がる廊下の奥の扉はほぼ施錠していないとも聞いている。

陽の高い時間には屋敷の人々の視線が気になるが、この時間なら多くの目に触れることはあるまい。

屋敷にいる誰もがレオニダの存在にいい顔をしていない。ヴィルジリオは独身でひとり暮らしではあっても、古くからの使用人たちがそれなりの人数いるから、買われた女であるレオニダをいつも冷たく観察しているのだ。レオニダの招き入れられた理由を知っていれば無理もない。レオニダもその立場なら白い目を向ける。

レオニダは早い足取りでも足音をあまりたてないように気をつけながら部屋を出た。一度華奢な踵をひっかけそうになったが、眠っているであろう屋敷の人間たちに気づかれることなく一階まで降りた。

中庭に繋がる廊下を歩きはじめたとき、玄関のノッカーを勢いよく叩く音がした。

ぎょっとして、レオニダは足を止め、肩越しに振り返る。誰も反応しない。ノッカーを叩く音が強くなる。

それでも誰も玄関に向かわない。

「誰も……？」

レオニダは戸惑いで周囲を見回した。ノッカーは数秒の間を置いて、また勢いよく叩かれたが、やはり誰もドアを開けようとはしない。

「ヴィル！　ここを開けて！　ヴィル！」

玄関ドアの向こうで甲高い声が響く。

「女の人……？　こんな時間に？」

レオニダは怪訝《けげん》な思いで手の込んだ彫刻を施したドアを見つめる。ドアは照明を絞った暗がりの中で浮かび上がって見える。

「ヴィル！　いるんでしょう！」

女の声は攻撃的に尖った。綺麗に通る澄んだ声だが、高音すぎて耳障りだ。

少し鼓動が速くなる。

ヴィルというのはヴィルジリオのことだと思う。曲がりなりにも侯爵をそんなふうに気楽な呼称で呼ぶなんて、いったい誰なのだろう。

（もしかしたら……侯爵さまの恋人……？）

レオニダは速い鼓動を押さえつけるように胸元に手をやった。

数日前、ヴィルジリオに纏わりついていた濃密で妖艶な香りを思い出し、痛いほどの切なさを感じた。膝が微かに震える。

「ヴィル！」

一際大きく声が響き渡り、二階の廊下の灯《あか》りが点《とも》る。

レオニダはびくんとした。階上の様子を窺ってみると、慌ただしく苛立たしげな足音が聞こえてきた。

（侯爵さま？）

二階の部屋を使っているのはヴィルジリオとレオニダのみだ。誰かが動く気配があれば、レオニダが下にいる以上ヴィルジリオだけだ。

素早い足取りで、一段飛ばしに階段を駆け下りてくる長く形よい足が見えた。間違いなくヴィルジリオだ。ワインレッドのガウンが翻る。

（侯爵さま……）

レオニダは胸の奥で呼びかける。

ヴィルジリオは廊下の隅にいるレオニダに気づくこともなく、まっすぐに玄関に向かった。

開錠し、ドアを大きく開ける。

途端に女性が飛び込んできて、ヴィルジリオに抱きついた。肩にかけていた光沢のある黒いコートが滑り落ちる。女性はロングトルソーデザインの深紅のドレスを着ていた。裾が長くて、レースが綺麗に折り重なっている。豊満な胸と細い身体つきを強調する上半身のラインに、やはり尻の丸みや豊かさを見せびらかすような形のスカートになっていた。ドレスに合わせた金のネックレスやイヤリングも華やかで目を引く。

なによりもそれらを身に着けている女性がひどく美しかった。滑らかで真っ白な肌に大きなブルーの瞳、長い睫毛。真紅に彩られた肉感的な唇。ヴィルジリオの名を呼びながら、彼の身体を抱き締めている姿も申し分なく美しい。

そして、とても妖艶だ。

「どうなさったんです？　こんな時間に」

「あなたに会いたくてたまらなくて」

「男爵さまに怒られますよ」

「あんな人、かまいやしないわ。いまのわたくしはあなたに夢中なのよ。ヴィル。あなたに抱かれたくて仕方がないの」

女性は当たり前のように欲望を言葉にする。ヴィルジリオは女の腰のあたりに腕を回しながら、特に驚く様子もなく聞いている。

ふたりの間ではなんでもない会話なのだろう。盗み聞く形になってしまったレオニダは恥ずかしくて頬を染めているけれど。

「それにあの人だって外に女が大勢いて、好きなようにやっているのよ。古女房がちょうどいい遊び相手を見つけてヒステリーを起こさないんだから、ありがたがっているわ」

「つまり、私は本当は仲のよいおふたりのための潤滑油ですか？」

ヴィルジリオが演技めいた自虐の笑いを漏らした。はじめて耳にする笑い方だったが、ひどく扇情的で、すっかり火のつきやすくなったレオニダの淫らな情欲を刺激する。下腹部が簡単に滲んで、思わず漏れそうになった喘ぎ交じりの声を懸命に噛み潰す。

「そんな言い方をしないでちょうだい。いまのわたくしはあなたのものなのよ、ヴィル」

女性は悩ましく微笑み、ヴィルジリオの頬を両手で包み込んだ。指先も綺麗な真紅に染まっている。隙なく手入れをし整えた、本当に美しい女性だった。

ヴィルジリオのまわりにはこんな美しい女性たちがいる。生まれも育ちもよく、なにもかもを与えられ、日々磨かれて澄みきった宝石になる人たちだ。施設で買い上げられた娘がどんなにうわべを飾り、付け焼き刃の知識やマナーを身につけたところで敵うはずがない。

最初から勝負にすらならない。

「あなただって、わたくしとつき合っているおかげでいい思いをしているでしょう？」

女性はヴィルジリオの首筋から鎖骨を指でたどっている。真紅に染まった指先が艶めかしい。

「まあ、それはそうですね」

「だったら問題ないじゃないの。わたくしを抱きなさい、ヴィル」

甘く挑むような命令形。攻撃的にも聞こえるのに嫌な感じはまるでない。色っぽくて可愛らしくて。

こんな言い方をされたら、男性は彼女に堕ちてしまうだろう。夫がいてなお、ヴィルジリオと交際できるだけの魅力はある。

「代償はちゃんとあげていてよ？　わたくし」

「ええ。いただいています」

微笑んで頷くヴィルジリオがまた艶めかしい。レオニダとの時間では決して見せない顔だ。羨ましいと思った。嫉妬《しっと》はなかった。明らかに敵わない相手に対しては、羨望《せんぼう》しか浮かばない。

あんなふうに並んで絵になるような女なら、たとえ施設育ちであっても、金で買われた女でも、ヴィルジリオはもっと優しくしてくれただろうか。しょせんは娼婦に仕立てる目的でも、抱くときにはもっと……。

いや。

レオニダを抱くヴィルジリオはいつも甘く優しい。攻めは激しく、レオニダを苦しめるくらいのときもあるが、囁いてくる声はやわらかい。優しく包み込んでくる。すべてが終わった後に髪を撫でてくれる手のひらも、重ねてくる唇も。

今日の昼間のくちづけも蕩けるほどに甘かった。

レオニダは昂ぶって、必死にヴィルジリオに縋りついたくらいだ。

そうなのだ。

ヴィルジリオは優しくないわけではない。レオニダに求めることは過酷で辛辣でも、どこかに「愛してくれているのではないか」と期待させるぬくもりがあるのだ。

だから、ありえないのに、いろいろ望んでしまう。無理な想いを抱いてもしまう。

でも、美しい女性を抱き寄せるヴィルジリオを見て、今更のように痛感している。望むことすら贅沢なのだ。天地がひっくり返っても、愛されることはない。

(わかっていたことでしょうに……)

気がつくと涙がこぼれていて、レオニダは自分の感情の乱れに悲しくなった。

「では、行きましょうか」

ヴィルジリオは女性の身体をふわりと抱え上げる。真紅のドレスのレースが上品に踊る。

女性が抱きついている状態だったから、ふたりはより密着する形になった。

抱き上げられた女性は、いかにも嬉しそうに笑った。

「明るくなっても離さなくてよ」

「そんなに体力はありませんよ」

「嘘おっしゃい。この前は一日中抱いてくれたじゃないの」

女性はヴィルジリオの頬に軽くキスをした。ヴィルジリオは曖昧に肩を竦める。

「あなたを紹介してくれたガンドルフォ公爵夫人の癖がついているのかしらって思うこともあるけれど、わたくしあなたの女の扱い方、とても好きよ」

「お褒めにあずかり光栄です。ガンドルフォ公爵夫人は私にいろいろ手ほどきをしてくださった方だから、そのあたりはお許しください。ラッツァリ男爵夫人」

ヴィルジリオは軽やかに微笑み、女性の額にキスを返した。女性はしなやかに双眸を細め、長い睫毛を揺らす。

その動作の自然さに、レオニダは見惚れた。美しい人同士の行為はなにもかもすべて綺麗で滑らかだ。レオニダにはあんなことはできない。間違いなくぎくしゃくしてしまう。

「代わりに私のすべてであなたを愛しますから」

「もうっ、憎い人っ。そうやってすぐわたくしをいい気持ちにしてしまうんだからっ」

女性は無邪気に身を捩って、ヴィルジリオの金髪をぐちゃぐちゃに掻き回した。「やめてください」と言いながらも、ヴィルジリオの微笑みは明るかった。

女性を抱いたヴィルジリオが玄関フロアを横切り、階段を上がっていく。玄関フロアには夫人が羽織ってきた黒いコートが残された。

相変わらず、ふたりともレオニダには気づかない。

そのとき、レオニダはいつかの夜に嗅いだあの濃密な香りを感じた。華やかで妖艶で、纏わりつくほどに濃い香り。

(……あの香り……あの女性……男爵夫人のものなんだわ。確かに侯爵さまの「恋人」のものだった。私が想像していたような関係ではなかったけれど)

レオニダはふたりが部屋に入ってしまっても、空間に残ったままの香りを改めて嗅いだ。

そして、同時にはっとする。

男爵夫人は、前の誰かの癖がついているのがあまり好ましくないような言い方をしていた。

昼間のヴィルジリオの提案は、自分の「経験」に基づくものだったのだ。ヴィルジリオは最初に言っていた通り、立身出世のために我が身を切り売りしているらしい。高貴な家柄の夫人たちからそう安くはない見返りをもらって。

(侯爵さまも、私と大差ない……?)

そう思った途端、膝から力が抜けて、レオニダは崩れ落ちた。

第七章　そして、はじめての招待客

「今夜、カロージェロ伯爵をご招待した」

「は、はい？」

朝食の席で唐突に言い出されて、レオニダはすぐに言葉を理解することができなった。スープを飲むスプーンを止め、じっとヴィルジリオを見る。

なにか大切で、でも言いにくい話題を持ち出すときの癖なのか、ヴィルジリオは相手の目を見ようとはしない。手元の皿を睨みつけているばかりだ。そして、スープ皿の中のスプーンは動いていない。

「わかっているだろうけど、失礼のないように接待してくれ」

ヴィルジリオの声は低く重たい。レオニダの聴覚と感情を叩き潰すみたいに聞こえる。ぐわんぐわんと頭に響く。

いよいよ来てしまった。

この屋敷で暮らすようになってちょうど半年。

ヴィルジリオのために娼婦となるのは、今夜からなのだ。

(侯爵さまのため。そう、侯爵さまのため。私は侯爵さまのための娼婦。私が必要とされているのなら、私は精一杯頑張るだけ)

レオニダはスプーンを皿に置くと、「わかりました」とだけ答える。ヴィルジリオに向けていた視線を落とす。

(侯爵さまのため。侯爵さまのためならいくらでも耐えられる。頑張れるわ、私)

そう気持ちを定めてしまえば、身体も心も震えない。怖くはない。

さらに穢れてしまうけれど、もうとっくに毎朝毎夕、神さまに祈りを捧げていた頃のレオニダではない。

「ドレスは後で一緒に選ぶから、食事が済んだら部屋にいるように」

「……はい」

もともと与えられた部屋しかレオニダのテリトリーはない。言われるまでもなく、あそこにいるしかないのだ。

それきりヴィルジリオもレオニダもなにも言葉を発さず、俯くようにして食事を続けた。

ヴィルジリオは昼過ぎに部屋に訪ねてきた。上着を羽織らず、襟の大きな真っ白のシャツと細身のズボン姿は、改めて見惚れるほど美しい。無造作に整えた金髪さえ、ヴィルジリオを端整に飾ってしまう。

(侯爵さまのため。この美しい人のため……私みたいな施設育ちにこんな大きな役目を与えてくださったのだから、最大限のお返しをしなければ申し訳がないわ。だって侯爵さまは大勢いる女の中から私を見初めてくださったのだもの)

レオニダは改めて自らに言い聞かせる。何度も「侯爵さまのため」と呪文《じゅもん》のように繰り返し、その言葉の甘美さに次第に酔い痴れていく自分がわかる。

(私はこの美しい方に身も心もお仕えしていくのだわ。神さまにお祈りするのも憚《はばか》られるほど汚れてしまったけれど、私には私だけの神さまができたから、もう大丈夫)

レオニダはぐっと腹に力を込めた。

「クローゼットのドレスももちろんだが、こちらもよければ候補に」

そう言って腕にかけていた絹のドレスをベッドに放る。レオニダはやわらかな布地が描く弧を視線で追いかけた。

淡いブルーで、レースもフリルも最小限だが、仕立てがかなりいい。上等なレースで作った小花が胸元から腰にかけて散りばめられたエンパイアデザイン。シンプルすぎるから、身体のラインに自信がないと着こなすことは難しいだろう。

いくらか胸や尻に豊かさは出たものの、施設時代の栄養不足の影響で痩《や》せぎすなレオニダにはあまり似合うとは思えない。

でも、可愛らしくて、着てみたいとは思う。できるなら、娼婦として他の男性に抱かれるときではなく、ヴィルジリオだけのために。

「可愛らしすぎ、ませんか?」

レオニダはドレスに目をやったまま、恐る恐る訊く。

「そうかな。あなたには似合うと思ったのだけれど」

ヴィルジリオはさらりと言って、鼻先に笑いを抜いた。

(私に似合う? こんな可愛いドレスが? 侯爵さまは淫らな娼婦の私をお望みなのに、可愛いドレスを着せてどうするの?)

違和感にも似た疑問が浮かぶ。レオニダはヴィルジリオに向き直った。ヴィルジリオは腕を組み、首を傾げる。

本当にあのブルーのドレスが似合うと思っているのか。

「でも、まあ……可愛いでは駄目か」

溜め息交じりに呟き、ヴィルジリオはクローゼットに足を向ける。もう自分が持ってきたドレスへの興味を失ってしまったらしい。使えないと思ったものに対するヴィルジリオの考え方が見えたようで、レオニダはぞっとした。

今夜の「接待」に失敗すれば、きっとレオニダも用なしという扱いになる。二度三度とチャンスをくれるとも思えない。この屋敷を追い出されても、あんな「幸せ」を主張する手紙を書いてしまった以上、施設には戻れない。生きていくためには失敗はできない。

なにしろ、レオニダはこんな冷たい人であっても、美しいヴィルジリオの傍にいたいのだ。愛されなくても、「接待」をはじめた身体を抱いてくれなくなるとわかっていても、他の美しい女たちを愛するのだと知っていても、ここにいたい。同じ屋根の下、同じ空間に。

そのためには失敗はできない。

どんな無体なことをされてもこらえよう。痛くてもつらくても、苦しくても受け入れて、招待客に喜んでもらう。

(私の役目はそれだけ。それさえこなしていれば侯爵さまの傍にいられる。ずっとお仕えできる。お役に立って喜んでいただける)

レオニダは決意を新たにし、ヴィルジリオの後に続いてクローゼットに向かった。すでに扉は開けられ、ヴィルジリオがドレスを物色している。

彼はどれをレオニダのデビューに選ぶのだろう。

口を出さずに、ヴィルジリオのセンスに任せようと思った。レオニダにはドレスの善《よ》し悪《あ》しはあまりわからない。いいところ布地がいい、仕立てがいい、露出が多いくらいの判断しかつかない。

「そうだな……」

ドレスを次々に手に取った挙句、ヴィルジリオは赤地に黒のレースを飾ったホルターネックを選び出した。艶やかな赤い布を首の後ろで大きく華やかに結ぶ形になっている。背中はほぼ全開になるものだ。

「精油をたっぷり塗って、このドレスを着て『接待』をしなさい」

言いながら、ヴィルジリオはクローゼットの扉に赤いドレスをひっかける。

「支度が終わる頃、迎えをやる」

「迎え……？」

レオニダはヴィルジリオの言葉を軽く反芻《はんすう》して、首を傾げた。

「この部屋で『接待』をするのでは、その余韻が残りすぎて、明日からの生活がしにくいだろうし、使用人たちにもいろいろ知られる」

「私は、かまいませんが」

「あなたがかまわなくても私がかまうのだよ。あまり大勢に『接待』のことを知られたくはない。人の口に戸は立てられないからね。使用人たちに面白可笑《おか》しくあることないこと広められたくはない」

ヴィルジリオは力なく口角だけを引き上げた。笑みというよりは引き攣りに近い。

(誰にも知られたくないことを私に任せようとしてくださっている)

レオニダには、いけないことをさせられるのだとは思えなかった。ヴィルジリオのために、ヴィルジリオが望むことをやり遂げると決めたときから、レオニダには彼こそがすべてであり、神さまであった。そんな人が過ちを犯すはずがない。少なくともレオニダにとっては、ヴィルジリオのすること、言うこと、望むことは「正義」だ。

(私は私だけの神さまに望まれている。とても幸せなことだわ)

レオニダはまさに神に祈るかのように手を組み合わせた。食い入るようにヴィルジリオを見つめる。

「いろいろ不安かもしれないが、私はあなたにすべて教えた。それを生かせば、あなたは充分彼を満足させられるはずだ」

ヴィルジリオはレオニダの視線の強さに気づいたかのように、肩越しにわずかにレオニダを見る。レオニダはかくんと頷く。

「あなたに期待しているから」

早口で短く言い残すと、ヴィルジリオはレオニダを一度たりとも真正面から見ることなく部屋を出ていった。

ヴィルジリオの滞在時間は三十分もなかった。ほとんど一方的に語られ、顔を見ようとすることもなく、用件だけ済ませた形だった。

ひとり取り残され、レオニダはクローゼットを寄りかかるみたいにして、ずるずると座り込んだ。薄手のドレスの裾が捲れて乱れて、踝《くるぶし》が覗いた。扉にかかっていたドレスが落ちてくる。視界が赤と黒で塞がれた。

どうしようもなく涙が溢れてきた。

とっくに穢れてしまった身体だけれど、今夜本当の意味で汚れてしまう。もう逃げ出すことはできない。

(侯爵さま……)

胸のうちでヴィルジリオに呼びかける。

すると、涙腺《るいせん》は完全に崩壊して、溢れて溢れてどうにもならなくなった。レオニダは膝を抱え、子どものように声をあげて泣き出した。情けないけれど、止まらない。壊れて、がたがたになってしまった。

淫らな女になるように望まれ、仕込まれるだけの関係でも、レオニダはヴィルジリオに惹かれているのだ。この止まらない涙でどうしようもなく思い知った。

どれほど思ったところで愛されるはずはない。一方通行よりもむなしい片想いだ。

そうだとしても、ヴィルジリオの傍にいたい。姿を見つめて、声を聞いていたい。

永遠の片想いだと覚悟を決めて、大切な人の望みを叶《かな》える力になろう。ヴィルジリオのためになら、淫靡に穢れることも厭《いと》わない。

本当にそれくらい愛している——。

(侯爵さま、侯爵さま……侯爵さま、私、本当にしっかりと頑張りますから。頑張ってやり遂げてみせますから)

幾度も繰り返す。どんどん切なくて、やりきれなくなって、泣き声ばかりが大きくなる。

(侯爵さま……私、私……侯爵さま……)

震えて呼びかけながら、顔を上げると、視界の大半を占める赤と黒の向こうに、ヴィルジリオが残していったベッドの上の淡いブルーのドレスが飛び込んでくる。小花を散りばめた可愛らしいデザイン。娼婦になるレオニダにはもうきっと似合わなくなるもの。

「……侯爵、さま」

今度は声に出して呼びかけて、レオニダは這いずるようにしてベッドに近づいた。ドレスを引っ張り寄せて、裾を抱き締める。見た目通り手触りが清楚《せいそ》な感じでしっとりしている。また切なくなる。

(もう、私には絶対に似合わない……どうして、侯爵さまは似合うなんておっしゃったんだろう)

レオニダはさらに強く抱き締めて、嗚咽を漏らした。

日付が変わる少し前、レオニダは屋敷から馬車で少し移動した先にある小さな一階建ての館に移動した。

玄関を入り、長細い廊下を抜けると、続き部屋になった居間と寝室、あとは食堂とバスルームしかない。実直そうだが、あまり表情が豊かとはいえない初老の女がこの館でのレオニダの世話係となった。

館に入るなり、「ベッドの準備は済んでいます」と言われ、度胆を抜かれた。

だが、同時にここではそのような行為しか行われず、レオニダは本当に「娼婦」なのだと思い知らされてしまった。

(大丈夫。充分わかっているもの。私は侯爵さまのための「娼婦」なの。そう望まれているの。だから精一杯お応えするだけ)

そう何度も繰り返しながら、カロージェロ伯爵の到着を待っていた。

「ご到着でございます」

やがて、初老の女に低く言われ、レオニダはソファーから立ち上がって背筋を伸ばした。ドレスに皺が寄っていないかを確かめて、玄関へと向かおうとした。

廊下に一歩踏み出した途端、つかつかと大股で長身の男が歩いてくるのが見えた。

(カロージェロ、伯爵さま……？)

レオニダはそうっと両目を細めた。

男がにっと笑った。

「おまえがレオニダか」

男はレオニダの目の前で立ち止まり、品定めするかのように露骨に視線を動かした。

もともとは美しい金髪だったのだろうが、いまは白いものがまだらに交ざっている。顔立ちそのものも整っているけれど、ヴィルジリオからレオニダより二十歳以上年上だと聞かされた年齢から考えたら皺の多い男だった。決して醜いわけではないが、あまり上手く年齢を重ねたとは言いきれない。放蕩《ほうとう》が過ぎた結果だろうか。

紫の丈の短い上着は仕立ても襟周りの刺繍も上等だ。老けてはいるけれど、無様な男ではないから、よく似合う。

レオニダは部屋に招き入れ、ソファーをすすめる。伯爵は鷹揚に頷いて、ソファーの真ん中に座った。

「お待ち、しておりました。カロージェロ伯爵さま。レオニダ・アプレーアでございます」

教えられた通りに伯爵の足元に跪き、恭しく頭を下げる。

「堅苦しい挨拶はいらない。まずは乾杯でもしないか、レオニダ」

伯爵がテーブルに支度されたワインボトルとグラスを指差すのがわかった。レオニダは素早く身体を起こし、ボトルの封を切る。グラスの一方の伯爵に渡し、手が震えて互いの服を汚したりしないように細心の注意を払いながら、赤ワインを注いだ。

「ありがとう」

伯爵の礼を聞いてから、レオニダはもう一方のグラスにもワインを注ぎ入れる。

「美しいレオニダに」

「伯爵さまのご健康に」

互いに言い合ってグラスを合わせる。

レオニダがひと口口をつける間に伯爵はグラスをすっかり空っぽにして、テーブルに戻した。

「素晴らしいワインに美しい女。いい夜になりそうだな」

言いながら、まだグラスを手にしているレオニダの首筋に手を伸ばし、赤い結び目をほどく。するりと前身頃が落ちる。下着をつけていないレオニダの乳房がすぐに晒されてしまう。

「おお、これは本当に美しい。食べてしまいたいくらいだ」

伯爵はレオニダからグラスを取り上げると、それも飲み干して、にんまりと笑んだ。

「……召し上がってくださるのではないのですか？」

「確かにその通りだな」

伯爵は低く笑い声をたて、レオニダの身体を膝へと抱え上げた。そのままソファーへ押し倒し、なんの愛撫も前触れもなくドレスの裾も捲った。足を大きく開かせ、いきなり両足の付け根にむしゃぶりつく。ねっとりした舌が滑り、レオニダは悪寒とともに身体を捩った。

「う〜うむ。レオニダはこんないやらしいところまでいい匂いがするのだな。美味しいぞ」

この言葉を言うために剝がした舌をすぐに肉芽に戻し、舐めはじめる。

気持ちが悪かった。

まるでなめくじが這っているみたいだ。

だからといって、拒んだり突き飛ばして逃げたりはできない。どんなに不快でも感じているふりで受け入れねばならない。

伯爵の舌がぴちゃぴちゃとレオニダの女の芽を弄り、舐めている。

「んっ……んっ……っ」

気持ちが悪くて、快楽など起こらない。おぞましい。嫌悪感しかない。

これがヴィルジリオならば、切ないまでの悦びに満ち溢れていただろう。

彼の唇も舌も指先も、熱も吐息も囁きもすべてレオニダを乱れさせ、狂わせてしまう。

(侯爵さまと比較しては駄目。あんなに美しい人は特別なのだから。悦んで、伯爵さまにも喜んでいただいて、侯爵さまのお役に立たなくちゃ)

自分を鋭く叱責するように言い聞かせて、レオニダは悦んでいるような声をあげて、伯爵の皺っぽく乾いた細い首筋に腕を絡ませる。

その動作によほど興奮したのか、伯爵は執拗に舌を動かした。

「……っ、んっ……っあっ」

不快さを快感なのだと懸命に言い聞かせて、レオニダは演じる。娼婦らしく、男を手玉に取る淫らな女を。

レオニダは、あまり長く伯爵の愛撫を受けていたくなくて、絶頂に近づいてもいないのに腰を揺らし、背筋をしならせ、声を昂ぶらせて、もうたまらないふりをした。伯爵はすっかり騙され、「いいのか。いいのか」と呻くように呟いて、舌を使う。

「……ぁあ……あぁぁ、ぁぁんっ、んっっ」

レオニダは上り詰めたとばかりに身体を震わせ、硬直させた。「ひゃあん」と子猫のような呼吸をして、すとんとソファーに腰を落とす。

「イったか？　気持ちよかったか？」

伯爵は上擦った醜い声で訊いてくる。それすら気持ちが悪くて、レオニダは数回、高揚しすぎた様子を繕い、頷いた。

こんなことができるのも、ヴィルジリオに日々抱かれ、快感を得ているとき、絶頂になったときの自分を覚えてしまったからだ。素のレオニダを知らない初対面の招待客を騙すことなど、わけもない。稚拙《ちせつ》な女にでも充分にできる。

「最近、勃《た》ちが悪くなっていたのだがね、レオニダのよがる様子を見ていたら、すっかり元気になってしまった。おまえは本当にいい女だね」

そう言うなり、伯爵は上着とズボンと下着を自ら毟るように脱ぎ捨て、レオニダの濡れた部分をこじ開けるために腰を押し入れてきた。

「ふ、ぐぅ……ぅっ」

当然次はこうなるとわかっていても、侵入には痛みをともなう。レオニダは一瞬の苦痛を訴えた。

だが、それは、本当に一瞬のことで、伯爵が不器用に律動をはじめる頃にはそれなりの快感を覚えるようになっていた。あまり性行為の得意ではない伯爵の動きは思いやりがなく、慌ただしさと激しさと強引さだけに満ちている。

そうだとしても、感じる部分を繋げられ、責められれば、悦楽らしきものはわき上がってくる。

「あぁ……っ、んっ……」

レオニダは腰を捩った。

伯爵の侵入が深くなる。ぐちゅんと醜悪な粘膜の音がする。

「ああっ……」

レオニダは演技ではなく身体を揺らす。不規則なものだが、淫靡な悦びがある。不快な相手だから酔い痴れるまでにはいかないが、充分本物の絶頂に繋がりそうだった。

「どうだ？　いいか？　感じるか？」

伯爵は妙に自信満々でレオニダが自分のテクニックでよがっていると思い込んでいる。演技とレオニダの努力でかろうじて快楽の在《あ》り処《か》を見つけ出していることに気づいてはいない。

「んん？　どうなんだ？　言いなさい。感じて感じて身体がおかしくなっているだろう？　ん？　レオニダ？」

伯爵の声が次第に上擦っていく。感じておかしくなっているのは彼自身らしい。鼻息が荒い。滲み出した汗がレオニダに垂れてくる。気持ちが悪いけれど、これは後からいくらでも洗い流せる。まずは快楽の「接待」を終了させなければいけない。

あと少し。もうちょっと。

これもすべてヴィルジリオのため。

そう、美しいあの方のためになること。

そのためになら、最後まで我慢できる。

(侯爵さま……侯爵さま……侯爵さま)

レオニダは心の奥底でヴィルジリオを呼び、ぎゅっと目を閉じた。ヴィルジリオの端麗な貌《かお》が過って消える。

(侯爵さま……)

伯爵はずんずんと腰を入れてくる。レオニダは演技と曖昧な快楽の吐露を交ぜ合わせながら、腰をその動きに従わせる。きっと扇情的に揺れていることだろう。

「いいぞ。レオニダ。もう儂《わし》はたまらん。いくぞ、いいな」

「……は、はい。嬉しいです、伯爵さま」

レオニダは瞼を開くと首を傾げ、喘ぎながらも微笑んでみせる。伯爵の興奮がほぼ頂点に膨らみ上がる。

「いくぞ。いくぞ、レオニダ」

「あ、ああ……伯爵さまぁ……ぁ、私も、私も……」

レオニダの絶頂にはまだまったく足りなかったけれど、伯爵に合わせてどうにもならなくなっているふりをした。伯爵は「ふんっ」と大きな呻きをあげ、腰を一際大きく数回動かすと、痙攣したように動かなくなった。感じたくもないものが体内に漏れるのを感じた。

（しっかり身体を洗わなくちゃ……）

遂情して、レオニダの身体の上に肉体を投げ出すと、伯爵は「素晴らしかった。おまえの身体への褒美はヴィルジリオに渡せばいいのだな」と囁いた。

「……はい。お願いいたします。伯爵さま」

ゆったりと答えて、レオニダは瞼を伏せた。


「たいした演技だったな、レオニダ」

屋敷に戻り、真っ先にバスルームで身体を洗い清めた。タオルを巻きつけて部屋のドアを開くと、ヴィルジリオがベッドに腰掛けていた。

「見て、いたのですか？」

近づかずに立ち止まり、レオニダは眉を顰めた。

ヴィルジリオとしてはレオニダの「接待」に万が一があってはいけないから、なんらかの形での確認はしているだろうとは思っていたが、改めて言葉に出されると嫌悪が過る。どこでどんなふうにして見ていたのだろう。

レオニダはきゅっと唇を結び、我が身を守るように掻き抱いた。

「ほんの少し前まで処女だったとは誰も思わない立派な娼婦ぶりだった。あれで満足しない男はいない」

ヴィルジリオはなぜか溜息交じりに言い切ると、レオニダに向かって手を伸ばした。こちらへ来いとの指示を含んでいる。

「……なん、です？」

レオニダは訝しく思い、掠れる声で訊く。ヴィルジリオは力なく笑む。

「あなたの頑張りで私の貴族社会での扱いはきっと少しよくなる。でもあなたにはなにも起こらない。だから、ご褒美を私からあげよう」

「ご褒美……？」

「いま、あなたは最後までいけていない。私がちゃんと本当の絶頂に連れていってあげましょう。そのままでは眠れないはずだから」

露悪的な言い方なのに、レオニダにはこれ以上の誘惑はない。中途半端に目覚めてしまった淫楽をなんとか身体を清めることで忘れようとしたが、到底抑えられなかった。

その炎はヴィルジリオなら宥められる。

「おいで、レオニダ」

また手招きされ、レオニダは素直に歩み寄っていく。

ヴィルジリオの膝にぶつかって、足を止める。ヴィルジリオがひとつ息を吐き出してから、レオニダの身体を覆うタオルを奪い取った。

腕を引っ張り、ベッドに倒す。レオニダは一切の動きを封印し、ヴィルジリオにされるがままになっていた。

レオニダを身体の下に組み敷いて、ヴィルジリオは素早く服を脱ぐ。適度に鍛えられた筋肉を巻きつけた美しい身体が現れる。伯爵の細くめりはりのない身体とのあまりの差異にうっとりしてしまう。

思わず臍のあたりの筋肉を撫でた。ヴィルジリオは低く笑って身をずらしたが、やめろとは言わなかった。

「もう濡れている」

「侯爵さまの身体を見たからです」

「言うようになったね、レオニダ」

からかうように笑いながら、ヴィルジリオはレオニダに深いくちづけをした。呼吸を奪いはしたが、舌は入り込んでこなかった。

くちづけだけで、身体中が潤っていく。触れられたら、悦びで狂ってしまう。

でも、レオニダは奥底までの侵入を望むように腰を浮かせ、身体をヴィルジリオに擦り寄せた。

微かに触れたヴィルジリオの中芯はもうすっかり欲望に膨張している。

(ああ、欲しい。侯爵さまの)

レオニダは愚かしいほどの欲求に駆られた。絶頂よりもなによりも、ヴィルジリオに貫かれたい。結ばれたい。そして、激しくぐちゃぐちゃにされたい。

「焦らなくても、ちゃんとあげるから」

唇をほどくと、ヴィルジリオはレオニダの敏感な割れ目がすでに濡れているのを指先で確かめてから、一気に突き入れた。

「は、あああっ……っ」

下腹部から頭のてっぺんまで突き抜けるような快感の痺れに、レオニダは甘ったるい嬌《きよう》声《せい》をあげた。

欲しかったものが身体の中にある。

ずっとこのままでいたい。ずっと、ずっと。

「侯爵さま……ぁ」

レオニダはヴィルジリオにしっかりとしがみついた。ヴィルジリオはふたりの結合を確かめるみたいにしばらくレオニダの中で静止してから、ゆっくりと、だが激しく荒々しく抽挿をはじめた。

「あ、ぁっ、んっ……ああっ」

素晴らしい恍惚の中で、レオニダは早々に思考を手離した。
そのとき——さほど遠くはないどこかで「愛している」と聞こえたような気がして、意識を整えようとしたが、ヴィルジリオの突き上げてくる動きが湧出《ゆうしゅつ》させる昂ぶりに、すぐに真っ白に破裂してしまった。

数日後、ヴィルジリオが貴族院議員に選出された。

彼の出生からすれば考えられない出世らしい。間違いなくレオニダの身体がもたらした「褒美」だった。

「おめでとうございます、侯爵さま」

朝食で顔を合わせた際に、レオニダが真っ先にそう言うと、ヴィルジリオはさほど嬉しくもなさげに「あなたのおかげだ」とだけ答え、食事を中断して食堂を出ていった。

「おかしな、侯爵さま……」

不審な気持ちでヴィルジリオの伸びて整った背中を見送りながら、レオニダは望んだ通りになっているのに、と首を傾げた。

(私はこれからも侯爵さまのためにならなんでもします。だからなんでもおっしゃってください。私だけの神さま)

第八章　五人目の男

それからもレオニダは週に一度か二度、「接待」を続けた。最初の夜以降、招待客が帰った後にヴィルジリオは部屋に現れず、彼がレオニダを抱く夜もなくなった。食事の席でも滅多に顔を合わせなくなり、レオニダはだだっ広い食堂でひとりきり三食を食べねばならなくなった。

ヴィルジリオがレオニダに声をかけるのは招待客があるときのみ。

それ以外は完全にレオニダを避け、屋敷にいるのかいないのかもわからない。もしかしたら、例の男爵夫人のところに行ったりしているのかもしれないが、レオニダには確認する手だてすらない。

あるいは、急激に立場が上がったことで忙しく立ち働いているのだろうか。

あまりにも異例の昇進を続けているため、陰口を叩く者たちもいるらしいとミーナから聞いている。ヴィルジリオの望んだ通りの展開だが、周囲は怪しんでいるのだ。娼婦との間に生まれた公爵の庶子に過ぎない彼が特に目立った手柄もないのに日に日に地位が上がっていくから、当然よくない噂《うわさ》も立つのだろう。

ヴィルジリオが美しすぎるが故、「男娼」的なことをしているに違いないとまで断定されているらしい。男爵夫人たちがヴィルジリオを贔屓《ひいき》して肩入れしているように見えるのも大きいという。

確かに男爵夫人はヴィルジリオに夢中だから、露骨に欲望が漏れてしまうのだと思う。

そんな噂を立てられても、そんなくだらない嫉妬に負けずにいつも凛《りん》としている。さすが旦那さまだと、ミーナは嬉し気だった。屋敷とは別棟に暮らしているミーナはヴィルジリオが美貌と性を武器に成り上がろうとしていることも、レオニダがただの道具に過ぎないことも知らないのだ。施設育ちの美しい娘が旦那さまに見初められただけだといまだに思っている。いろいろ知ってしまったレオニダにはない純真さだった。

もっとも、レオニダの目からも、高い地位を得て、華やかに身を整えるヴィルジリオはそれまで以上に美しく、堂々としているようには見えていた。もともと美貌の男だから裏づけのある自信と立場を手に入れれば一層光り輝く。当然のことだ。

「レオニダ、今夜もディ・ステーファノ伯爵がいらっしゃる。支度をしておくように」

「ディ・ステーファノさま?」

食後のズッパイングレーゼの苺《いちご》を口に運んでいたレオニダに、外出していたヴィルジリオが歩み寄ってきて小声で囁いた。

レオニダは悲鳴をあげそうになって、慌てて手で唇を押さえた。握っていたスプーンが床に落ちた。乾いた金属音が響いた。指先が瘧のように大きく震えだす。

「伯爵はあなたが相当お気に召したらしい。いいことだよ」

「……侯爵さま」

レオニダはがくがくと揺らぐ視線をヴィルジリオに向けた。

「どうした？」

「私、あの方は苦手で……」

「相手を選べる立場じゃないだろう」

ヴィルジリオは拳《こぶし》で軽くテーブルを叩いた。苺を包み込むズッパイングレーゼのシロップに漣が立った。

「ディ・ステーファノ伯爵は大公の腹心だ。あの男に気に入られれば、私の地位はさらに揺るぎなくなる。私のために耐えなさい」

ヴィルジリオは早口で冷たく言い放った。苦手だと言ったところで断れないのははじめからわかっていたから、レオニダは俯くより他に術《すべ》がなかった。

「では、よろしく頼む。十時にはいらっしゃる」

そう言い残し、ヴィルジリオは踵《きびす》を返してしまう。一切振り返らずに食堂を出ていく。先日昇進した折に仕立てた黒い上着がよく似合う。襟元の金色が鮮やかにきらめく。

レオニダは床に落ちたスプーンに視線を投げて、絞り出すような溜息をついた。

ディ・ステーファノ伯爵は、すでに五回、レオニダのもとにやってきている。不能気味だが、少々サディスティックなところがあり、行為の最中に叩いたりつねったりしてくるし、いやらしく淫らな言葉を言うように強要される。さらには濡らすこともほぐすこともなく無理矢理に犯したり、玩具《がんぐ》のような張型《はりがた》を押し込んだりして、痛みに泣くレオニダを見て嬉しそうに笑う。

恐ろしくてたまらないけれど、ヴィルジリオの今後に大きく影響するから、必死に受け入れ続けている。

伯爵が帰った後の入浴は痛みに耐えるばかりのものになり、レオニダは毎回バスルームでむせび泣いた。

(今夜はどんなことをされるんだろう)

考えるだけで涙が出てきた。


「くっ、あっ、っ……ふっ」

腹の下に枕《まくら》をふたつ押し込んで尻を突き出す形で、ベッドに腹這いにされ、太い指でまだ少しも潤っていない部分を押し開かれる。

「ひくひくしているねぇ、レオニダ」

伯爵は嬉々《きき》として言いながら、指で一度だけ肉壁を弄った。

「あ、はっ……んっ……ぁ」

粘膜が引っ張られて痺れるような痛みが奔り、レオニダは腰を揺らした。

「気持ちがいいんだねぇ。淫らな女はいいねぇ」

伯爵がまた笑う。唾液を啜るような嫌な音が聞こえた。怖いし、不気味だから振り返らない。肉食の獣に食べられてしまうとわかっている瞬間の草食動物は、きっとわざわざ不幸を確かめたりはしない。

「レオニダのここが悦ぶものをあげようねぇ。今夜もいやらしく悦んで、私を楽しませておくれ」

より大きく押し開かれ、なにか冷たいものを宛てがわれる。

ぞくっとして、レオニダは身体を硬直させた。

「おお、いかんいかん、レオニダ。力を抜け」

伯爵はレオニダの尻をばちんと叩いた。

「ひっ……っ」

突然の痛みに咽喉が詰まった。もうすでに視界に涙が滲んでいる。怖くてたまらないのだ。

「レオニダが大好きなものだぞ。いっぱい蜜を垂らして腰を振れ。いやらしく泣け。いいな」

伯爵はレオニダの尻をびたびたと叩きつつ、押し開かれた部分にぐぐっと異物を突っ込んできた。

「うっ……っ、ぐっ……いた……っ」

とんでもない激痛にレオニダは満足に悲鳴をあげることもできなかった。ぴりぴりと粘膜が沁みて痛い。切れたような痺れがあった。

「ほおら、レオニダ。ちゃあんと咥《くわ》え込んだぞ。ほんとに淫らな身体だ。他にこんな女はいない。素晴らしいぞ、レオニダ」

レオニダが異物を受け入れたことで興奮してしまったらしく、伯爵は歌うような口調になった。ところどころ裏返っていて気持ちが悪い。

「しばらくこのまま咥えているんだぞ。すぐにどろどろになるだろうからな」

昂ぶりがひどい。

「はっ……っ」

レオニダは反応して、身体を震わせる。

伯爵は「気持ちがいいのか」などと確認しながら、レオニダにのしかかってくる。レオニダの腰を抱え込み、足をより大きく開かせ、蜜の気配もない割れ目に指先を滑り込ませる。思いやりのかけらもない侵入にぴりっと粘膜が軋む。

「あ、ぁ、ん……っ」

伯爵の下腹部が奥底を穿った異物にも当たってしまったから、背中から腰にかけてと身体の内側に重たい振動が奔った。痛いのに、下腹部が潤みはじめる。腰も蠢いてしまう。涙がぼろぼろとこぼれた。

伯爵はレオニダにぴたりと身体をくっつけて、耳朶を舐める。伯爵の指先はレオニダの中で執拗に蠢く。肉芽をつままれ、くちゅりと湿った音がする。

「は、んっ」

「いい蜜が出てきたねぇ、レオニダ。もっと腰を振って悦べ。私をいやらしく欲しがれ。おねだりが上手にできたらいくらでもよくしてやるぞ」

伯爵の声は狂気に塗れたみたいに裏返り続ける。

「あ、ぁっ……っ」

レオニダは背中を反り返らせた。

その様子を見て、伯爵は指先を一旦《いったん》止め、レオニダの身体を貫く異物をぐるりと回した。粘膜が擦れて、言いようのない悦楽が生じる。

「あんっ……あっ、あっ」

痛みがいつの間にか蜜に包まれて、恍惚のほうが多くなっている。レオニダはもっと欲しくなって、尻を突き出してしまう。

「はぁ、んっ……んっ」

レオニダの声に本格的な悦びが溢れはじめたとわかると、伯爵はまた指先を前へ滑らせた。

くちゅくちゅと嫌な音がする。

「ああ、いやらしいねぇ。いやらしい女だ。たまらんよ」

「ンっ……んっ」

レオニダは身体をいびつにしならせる。同時に腹の奥からからどろりと何かがこぼれる。

「あ……ぁ……あっ」

レオニダは甘く喘ぐ。

「すっかりどろどろだぞ。痛みを訴えるものはすでに交ざっていない。嬉しいのか？　どうだ？」

「は、はい……嬉しいです」

レオニダは言いなりに頷く。

「そうか。気持ちがいいか。もっとして欲しいか？」

「……欲しい、です……」

「すごく欲しいか？」

「すご、ぁ……ぁっ」

答えを強要しつつも、伯爵はレオニダの感じやすい二カ所を執拗に攻め立てる。あまりの快楽に蜜が滴るのがわかる。内腿がぬめっている。

「ちゃんと答えろ。どうなんだ、レオニダ？　すごく欲しいのか？」

「あ、っあ、あ……欲しい……欲しい、欲しいです……すごくたくさん伯爵さまが、ぁ……

ああ、欲しい……」

「よし、よく言えた。いい子だ。気持ちよさに狂うといい」

伯爵の指先が一層強く肉芽をつまみ上げた。レオニダは悦びの悲鳴をあげた。


薄く開いたドアの向こうで、伯爵とヴィルジリオの声が聞こえる。掠れて途切れつつある意識の中をたゆたいながら、レオニダは子守唄《こもりうた》を聴くように言葉を追う。

「本当に素晴らしい女を見つけてきたな、ヴィルジリオ」

この昂ぶった声は伯爵だ。

「お気に召したなら嬉しいです」

上品で落ち着いた声はヴィルジリオ。

「あんなに俺の攻めに悦んだ女はいない。最初は痛いのをけなげに耐えているんだがね、最後にはよくなって、嬉しそうにせがんでくる。滅多にいない貴重な身体だ。譲り受けたいくらいだよ」

「申し訳ありませんが、それだけはできません」

「わかっている。わかっているがな、もっとじっくり仕込んでみたいものだよ」

伯爵の声はまだあちこちが裏返る。受け止めるヴィルジリオは対照的にどこまでも冷静だ。

「そこまで満足していただけたなら……」

「任せなさい。必ず大公閣下に繋ぎを取る」

伯爵は鷹揚さを装って笑う。語尾にはまだ興奮がある。

「感謝いたします」

「閣下は奥方の尻に敷かれているからねぇ。ちょっと大変なんだが、あんな身体を楽しませてもらったんだからねぇ。約束は守る」

「信じております」

ヴィルジリオが恭しく言った。

その声を最後まで聞き終えないうちに、すうっと意識が遠ざかった。


痛みに軋む身体を誤魔化して、身支度を整え、朝食に下りていく。最奥が痛むから歩くのすらつらいのだが、ベッドでぐずぐずしていては伯爵の攻めに負けたみたいで悔しい。

食堂の前にある書斎のドアが開いていて、大きな執務机の前に座っているヴィルジリオの姿が見えた。

(侯爵さま?)

レオニダはこっそりと様子を窺う。

ヴィルジリオは不機嫌そうに書類を睨みつけている。

あんな難しい顔を見るのははじめてだ。

「レオニダさま?」

不意に不審そうに声をかけられ、廊下のレオニダと書斎のヴィルジリオがほぼ同時にびくっと顔を上げた。レオニダは覗き見ていた不躾を恥じ、ヴィルジリオは見られていたことに苛立ちを過らせる。

レオニダは慌てて書斎の前から離れた。

声をかけてきたのは洗濯籠を抱えたミーナだった。

「お食事の支度ができていますよ」

無表情のまま、食堂のほうを振り返る。

「え、ええ。ありがとう」

「今日は新鮮なサラダがあるそうです」

「そう……楽しみだわ」

レオニダは気まずさを誤魔化し、曖昧に微笑み返した。

ほぼ同時に書斎のドアが大きく開いた。ヴィルジリオが出てくる。腕に例の黒い上着をかけている。

「おはよう。私は食事はいらない」

レオニダを一切見ようとはせず、ミーナにだけ声をかける。覗き見なんてマナー違反をしたから、怒っているに違いない。

レオニダは緊張で苦しくなった。伯爵に痛めつけられた身体の痛みも感じないくらい、動揺している。

「呼び出しを受けているから、出かける。帰りは遅いから夕食もいらない」

ヴィルジリオは無表情に言って、上着を羽織った。背筋を伸ばすと、玄関に向かって歩いていく。

「いってらっしゃいませ」

深々と頭を下げるミーナを横目で見やり、レオニダはふうっと息を吐く。

「レオニダさま、少し警戒なさってくださいね」

「え？」

ゆっくりとお辞儀を戻しながら、ミーナが鋭い口調で告げる。レオニダはまたびくっとする。

「どこかの女に旦那さまを取られては駄目です。私は今更別の方を奥さまとして仕えるのは嫌です」

「どういう、こと？」

レオニダはミーナを覗き込む。脳裏に艶やかな男爵夫人の姿が浮かぶ。彼女には勝てないと思い知った。彼女に限らず、ヴィルジリオの周囲にいる貴族の女性たちの誰にも敵わないだろうと悟っている。

「旦那さまに縁談が出ているそうです。ヴァレンテさんが言っていました」

「縁談……っ？」

だが、想像外の言葉に、レオニダは双眸を見開いた。

考えてみれば、そんな話が持ち上がってもおかしくはない年齢だろう。ヴィルジリオが語る出生通りでも、曲がりなりにも爵位を持つ。父親が死んだとは聞いていない。別居をしているだけで、ヴィルジリオに影響を与える存在なのかもしれない。あるいは、直接の肉親が亡くなっていたとしても、妙齢の美貌の男にお節介を焼く人間だっているに相違ない。

立身出世欲の塊のようなヴィルジリオが、そんなまっとうな道を選ぶとは思えなかった。

でも、その大切な出世に影響する相手となら、迷うことなく頷くかもしれない。そんな大きな後ろ盾を得たら、卑怯な形で這い上がるための手駒である「娼婦」など、きっといらなくなる。

(侯爵さまが私をいらないと言ったらどうしよう。どんな形でもお傍にいたいと言えば叶《かな》う？　お傍に置いてくださる？　侯爵さまがいないことなんて、もう考えられない)

レオニダはそっと手を組み合わせ胸元に押しつける。わずかに早くなった鼓動が歪む。

「……お相手は、どなたなの？」

「さあ、そこまでは存じません」

ミーナはぶるぶると首を振る。

「ヴァレンテさん自身も、来ているらしいってことしかご存じありませんでしたから。旦那さまはそんなことを誰にも相談しませんよ」

「あ、ああ……そうね。そうだわ」

レオニダは小さく数回頷いた。

「どんな女性との縁談であったとしても、レオニダさまは負けては駄目です」

「……侯爵さまのお相手なら貴族のお嬢さまよ。勝てるわけがないわ」

言い終えて、レオニダは唇を嚙む。微かに乱れた髪が頰に散る。呼吸が次第に荒れていく。平気なふりの言葉を発していても、心は当然動揺している。ヴィルジリオの縁談なんて、想像もしていなかったから衝撃も尋常ではないのだ。

嚙み締めていても唇が震えた。

「だとしても、レオニダさまのほうが有利です。いま旦那さまの傍にいるんですから、絶対に負けてはいけません。施設に返されてしまいますよ」

言っているうちに感情が昂ぶったのか、ミーナは早口になり、レオニダの肩を摑んできた。がくっと身体を揺らされる。

「絶対に負けちゃ駄目です。そのためには私、なんでもしますから」

ミーナはさらに言い募る。何度もレオニダの身体を揺らした。

「……ミーナ、ミーナ。ちょっと待って。落ち着いてちょうだい。揺らさないで」

「あ、ああ。すみません」

ミーナは慌てて、レオニダから手を離した。揺れていた視界がぴたっと止まる。

「すみません。本当に私ったら」

ミーナが恐縮して、何度も頭を下げる。

「いいのよ。あなたは私を心配してくれているのだもの。むしろありがとう。なんだかすごく嬉しいわ。私、あなたに嫌われているかと思っていたから」

「とんでもありませんっ！　私はレオニダさまを綺麗なお嬢さまだと思ってお世話しています。大好きです」

レオニダの言葉に被せる勢いでミーナは強い否定を口にした。気持ちを吐露しているうちに一層昂ぶってしまったのか、声が甲高い。

「私、不愛想だからうまく態度に出せないけど。このお屋敷に来てからどんどん綺麗になっていくレオニダさまに毎日憧れていました。ずっとお世話をしていたいです。だからっ！」

「……ありがとう。本当にすごく嬉しい」

憧れてもらえるような立場ではない、娼婦にされるために引き取られた惨めな女だと伝えたかったけれど、レオニダはそれ以上言葉を続けることをやめた。

「ヴァレンテさんもそう言ってましたよ」

「え？　ヴァレンテさんも？」

レオニダは驚いて、ミーナを見つめた。視線を素直に受け止めて、ミーナが笑う。特別な美人ではないが、愛嬌のある可愛らしい笑顔だ。いつもの不愛想さからは想像もつかない。

こんな表情を見せてくれていたら、もっと早く好意を感じられたのに。

「あんな控えめで綺麗なお嬢さまが旦那さまのお傍にいるなら安心だって」

「そんな……」

レオニダは困惑した。

控えめなのは立場が立場だからだ。ヴィルジリオの道具に過ぎない女が堂々とできるわけがない。屋敷から出ずに、いや、それどころかいっそ部屋からすら出ずに、息をひそめてこっそりと生きていく。時にヴィルジリオの支度した「接待」をこなすだけの存在なのだから、誰にも迷惑をかけてはいけないと思っている。

「旦那さまはそんなレオニダさまを大切になさっているはずですし」

「まさか」

レオニダは、ミーナの言葉をすぐに否定した。

「まさかってどうしてですか?」

「ありえないもの。絶対に」

レオニダは自虐気味に笑んで、首を横に振った。自分が道具に過ぎず、求められているのは娼婦の役目なのだとぶちまけてやりたい衝動にかられたが、すんでのところで押し留めた。

笑みの続きを浮かべながら、ゆっくりとミーナを見据える。

「ほんとにありえないことなのよ」

「そんなはずありません」

今度はミーナが首を大きく左右に揺らした。

「どうして？」

「だって、旦那さまはレオニダさまと一緒にいるとき、とても優しいお顔をしていらっしゃる。レオニダさまがおいでになるまで、一度も見せたことのないお顔です。とても優しくて綺麗で、ゆったりとして幸せそうで……私、それを見て、おふたりには絶対に幸せになって欲しいなって。施設育ちだといろいろ壁もあるんでしょうけど、乗り越えて欲しいっていつも願っています」

一気に思っていることを言いきって、ミーナは安堵したような表情になった。洗濯籠を大切そうに抱き締め直す。まさにもう満足と言いたげな動作だった。

レオニダはミーナの言葉を聞きながら、そんなことはありえないと、もしかしたらそうなのかもしれないという感情の狭間《はざま》で揺れ動く。ヴィルジリオはいつも美しく微笑んでいたけれど、上っ面のものだとばかり思っていた。美しく整いすぎていて、嘘っぽく思えてさえいたのだ。

でも、第三者のミーナや執事にそんなふうに見えていたなんて……。

ヴィルジリオの真実はどちらが正解なのだろう。

そして、最近、レオニダをずっと避けている理由は、想像しているものとは違うのだろうか。

(まさか……都合よく解釈してはいけない。侯爵さまは私への情なんかない。私は道具。侯爵さまのための娼婦……それでもいい。そうであっても私は侯爵さまのために精一杯尽くすの。侯爵さまは私の神さまなのだもの)

だが、真実がどちらであったとしても、娼婦であることに変わりはない。立場は同じことだ。大切に思われているはずがないと言い聞かせて、「接待」を続けねばならないのだ。もしかしたらの可能性さえ抱かずに否定してきたのに、ミーナの言葉はむしろ悲しい傷にしかならない。押し潰した「愛されるかもしれない」という気持ちが蘇《よみがえ》ってしまう。

(娼婦には過分な感情だわ。私はただ侯爵さまのために生きていけばいいの。余計なことは考えては駄目)

レオニダは小さく首を振る。

「……ありがとう、ミーナ。頑張るわ……」

「そうですよ！　本当に頑張って旦那さまの傍にいてください！」

無邪気に答えて、ミーナは洗濯物を干すために裏庭へ出ていった。

レオニダの言葉を彼女は、単純に形通りに受け取ったことだろう。

だが、レオニダの「頑張る」はミーナの思うものではきっとない。レオニダが頑張るのは娼婦としての「接待」だ。いままでもこれからも。

(侯爵さまに必要ないと言われるまで、頑張って続けるだけ……)

深い溜息をつき、レオニダはヴィルジリオが出ていった玄関を振り返った。微動だにしない分厚い扉を見つめて、静かに双眸を細めた。視界がじわりと滲んだ。

第九章　欲望の使者

「ディ・ステーファノ卿《きよう》と私とで彼女を試したい」

突然訪ねてきたフィリッピ男爵はいきなり言い放つ。艶やかな栗色《くりいろ》の髪を持ち、奇妙なくらいに姿勢のよい角張った男だった。臙脂色《えんじいろ》の上着に銀糸の派手な蔦《つた》模様の刺繍が広がっている。

ズボンにも揃いの布地を使っている。

「それは、どういう意味です？」

ヴィルジリオは低く問う。客人に対するにはらしくない警戒の色が滲んでいた。いつもならヴィルジリオは大抵の他人に恭しく接する。男爵が事前連絡もなくやってきたことが気に食わないのかもしれない。

「そのままの意味だ。わかるだろう」

男爵は横柄だった。用意された紅茶にたっぷりとクリームを入れ、一気に飲み干す。

「閣下にお引き合わせする前に毒見をするのは当然だろう。噂通りなのかどうか保証はないのだからな。どんな味だったか食ってみねば閣下にお話もできん」

「だからといって、ふたりがかりは……レオニダの身体にも負担になります」

「よく言う。ディ・ステーファノ卿の攻めも全部受け入れた女だそうじゃないか。男ふたりくらい屁《へ》でもあるまい」

男爵は歪んだ蔑みの笑みを浮かべた。

ヴィルジリオは自身を侮辱されたかのような不満と攻撃的な表情になった。

なぜ、こんな顔をするのだろう。レオニダをそんなふうに言われる女に仕込んだのはヴィルジリオなのに。なにが気に入らないのだろう。

うまく手ほどきができたと喜ぶべきところではないのか。

レオニダは無言のまま、少し離れた椅子に座り、ふたりの様子を遠い異国のできごとを眺めるような気分で見つめていた。レオニダのために支度された紅茶はすっかり冷めてしまっている。

「余計なことを……」

忌々しげにヴィルジリオが吐き捨てる。これすらも、客への応対としては普段のヴィルジリオらしくはない。

なにがそんなにひっかかっているのか。

レオニダにはよくわからなかった。

「ディ・ステーファノ卿の性癖をすべて受け入れられる女など、そうはいない。きっと大丈夫だ。なあ、レオニダ姫」

男爵は急に話題をレオニダに振った。

まさか意見を求められるとは思わなかったから、レオニダはびくんとして男爵を見やった。視線が少しぶれた。

「姫はどう思う？」

男爵はレオニダを「姫」と呼んだが、その呼称が持つ本来の敬意などありはしない。完全に蔑んで小馬鹿にしている。ちろっとレオニダを見る目線が冷たく乾いていた。

レオニダは見合った答えが浮かばず、曖昧な微笑みを作るばかりだった。

「姫が問題ないなら、カルレッティ侯も文句はあるまい。姫が応えれば、侯の立場はまた上がる。なあ、わかるだろう、姫さま」

男爵が笑う。優しさなどかけらもない下品なものだった。立派な貴族のはずなのに気品はどこにもない。

虫唾《むしず》が奔る。

この人はディ・ステーファノ伯爵とよく似ている。たぶん、レオニダにひどいことをするつもりでいるのだ。これまで二桁《けた》に近い相手の「接待」をしてきて、レオニダにはなんとなく相手がベッドで強いる行為が読めるようになってきている。レオニダに優しくしてくれるか、身勝手な自分の欲望をぶつけてくるだけなのか、だいたいわかる。

この人は間違いなく後者だ。ディ・ステーファノ伯爵とともに試すなどと言うのだから、先日の責め苦が単純に倍になるだけでは済まないだろうと思う。

だとしても、ヴィルジリオのためになるのなら受け入れねばいけない。他にできることはないのだから。

「どうだ?」

男爵が身を乗り出し、せっつく。

レオニダは男爵とヴィルジリオの顔を交互に見比べた。浮かんでいる表情があまりにも違う。情欲を漲《みなぎ》らせて、レオニダを弄んでやろうと舌なめずりをするような顔と、断るか否か葛藤している不安げな顔。

ヴィルジリオにあんな顔をして欲しくはない。常に堂々と凛としていて欲しい。レオニダのことでなど迷われたくはない。レオニダが男爵の好色に身を任せ、ヴィルジリオが昇進できれば、きっとこの表情は晴れる。

(侯爵さま、私は大丈夫ですから)

レオニダは一度深く瞼を伏せ、三つ数えてから目を開く。男爵をきっと見据える。

「私ならかまいません。おふたりのお相手いたします」

「レオニダッ!」

冷静に平坦に言いきったレオニダにひどく動揺して、ヴィルジリオが立ち上がった。けたたましく椅子が倒れる。

「侯爵さま、これが私のすべきことですから、大丈夫です。ご心配はいりません」

レオニダは焦燥を過らせるヴィルジリオに穏やかに微笑んだ。ヴィルジリオがたじろぐ。

「姫君はさすがの覚悟じゃないか、カルレッティ侯。おまえのためにここまでしてくれる女の存在など、男冥利《みょうり》に尽きるなぁ」

男爵はヴィルジリオとレオニダを見回し、下卑た高笑いをはじめた。


「今夜はぶったりつねったりはしない。もちろん鞭もない」

ディ・ステーファノ伯爵が薄手のドレス一枚きりのレオニダの乳房をいきなり揉みしだきながら、にやにやと笑んだ。大きな手に翻弄され、揺らぐ身体を懸命に奮い立たせつつ、レオニダはゆっくりと伯爵の肩を掴む。筋肉質の分厚い身体だ。

「たっぷり可愛がってあげようね、レオニダ」

伯爵はますます強く乳房を揉む。先端の粒が手のひらの中で擦られ、震えて快楽の兆しに尖り出すのがわかる。

「ん……」

早々にレオニダは身を捩る。下腹部が濡れる。

「もう感じはじめているな。本当に淫乱でいい子だ」

嬉しそうに笑い、伯爵はレオニダの乳房から手を離すと、ドレスの肩紐をほどく。身を屈め、むき出しになった先端の粒に歯を立てる。

「は、ぁあ……っ」

ぎっと噛まれ、レオニダは背筋を弓なりに反らす。噛んで、舌を這わせてを繰り返されて、下腹部がますます潤み、生ぬるいものが内腿を滑る。腰が蠢いてしまう。

「ふふん、なるほどね」

フィリッピ男爵が楽しげに歩み寄ってきて、レオニダの腰を掴む。

「あ……」

あまりに暴力的な強さに、レオニダは切なく吐息を漏らした。

男爵はドレス越しに尻から足の付け根のラインをなぞり、レオニダが潤んでいることにすぐに気づいた。

「あれくらいのことで男が欲しくなる身体なのか。見事な淫売だな」

「そうでしょう？　本当に男の欲望のための女なんですよ」

伯爵はレオニダの乳房から唇を離し、嬉々として頷く。

「これならふたりどころか三人でも四人でもいけそうだな」

蔑むように笑い声をたて、男爵はレオニダを床に四つん這いにさせた。レオニダは素直に従う。

「姫も好きなだけ気持ちよくなっていいぞ。楽しい夜にしよう」

レオニダの背中にのしかかるように言い放って、男爵が脇腹から手を滑らせ、乳房を摑む。

「あ……っ」

引きちぎらんばかりに揉み潰されて、レオニダは痛みと快感に震える。身体は早々に淫らな痺れに支配されはじめている。

「レオニダ、顔を上げろ」

伯爵に髪を摑まれ、引っ張り上げられる。そこにあるなにかの形を確かめる前に、屹立しはじめた軸を突き出された。

「咥えなさい」

熱を持ったものが頰に当たる。拒めるはずがなかった。髪をさらに強く引っ張って、肉欲を滾《たぎ》らせつつある部分をレオニダの唇にねじ込む。

「ん、んっ……っ」

腰を入れられて、あっという間に口腔の奥深くまで軸が侵入してくる。咽喉を犯されるような勢いだった。

口淫を強いられるのははじめてではないが、ここまで激しく思いやりのないのは初体験だったから、レオニダは思わずえずいた。

それでも伯爵は腰を押しつけてくる。

「ふ、ぅ……んっ」

レオニダは口腔の中の軸におずおずと舌を絡ませる。唇から涎《よだれ》が漏れた。

「そうだ、そうだ。しっかりと舌を使え。歯を立てるなよ」

伯爵が嬉しそうに腰を揺する。レオニダの舌が触れた部分がびくびくと膨れる。くちゅっと唾液と舌が鳴る。

「ん、ん……っ」

レオニダは必死だった。口がすべて伯爵のもので満ちている。苦しいし、不快だし、吐きそうだし。つらくて、嫌でたまらなくて、目尻に涙が溜まっていく。

床に突っ張る手のひらが震える。

乳房を弄んでいた男爵は、苦しげに呻くレオニダの様子に「いいねぇ」と笑い出す。下品な声すぎて、レオニダはぞっとしてしまう。

男爵は伯爵よりも酷薄かもしれない。「姫」などと敬称めいた呼び方をふざけてするのも、もしかしたらそこから来ているのではあるまいか。

「それでは、姫さま。私たちも参りましょうか？」

ふざけるように言い放ち、男爵はレオニダのドレスを剝ぎ取った。素早く自らの下半身もくつろげたらしく、ぐうっとレオニダに押し入ってきた。軽くほぐす程度の前戯すらない。

「あぁっ……ふっ」

レオニダは爆ぜ上がった。何度知っても、この異物感は強烈だ。

「なるほどなるほど、本当に噂通りの名器だな」

上擦りながら、男爵が腰を進める。レオニダの一番感じる最奥を貫いて、にじるようにぐちゃくちゃと動かす。

「ひ、ぁあ……あっ、あっ……」

その衝撃に、レオニダは伯爵の軸を吐き出した。レオニダの唾液に濡れた伯爵のものが外れる。

「ここが好きなのか、姫さま」

男爵が腰を回すようにひどく動かし、揺する。最奥が擦れて蜜が溢れる。

「あ、あっ……あ」

「どうなんだ、好きなのか？」

意地悪く問われる。中を穿ち、犯す腰の揺れが鋭い。

「答えろ。気持ちがいいのか？　好きか？」

「あ……っ、あ……好き……です、そこ……ぁ……気持ち……いいんです……っ」

レオニダは感じる部分を刺激されるままに答える。浅ましく媚《こ》びが交ざる。本当にどうにも気持ちがよかった。頭が空白になって、恍惚のことしか考えられなくなっていく。

「そうか。それならもっと好きにしてやろう」

そう言うなり、男爵は大きく抽挿をはじめる。引きは早く、侵入は焦らすみたいに遅い。びたびたと肌がぶつかる。

「っ……あっ、ああっ……っ」

レオニダは激しい悦楽に背中を仰け反らせ、腰を振った。

男爵は律動に合わせてレオニダに再びのしかかる。腕を前へ回し、レオニダの茂みを探る。

「いっ……っ、い……あっ」

すうっと指が進み、濡れそぼった芽をつまむ。

レオニダはヒステリックな悲鳴をあげた。

途端にまた伯爵が中芯を猛《たけ》らせて、レオニダの口に押し込んだ。

もう何度受け止めたかわからない。

最も敏感な部分も男たちの肉欲に塗れ、痺れ、完全に感覚をなくしている。それでも、刺激されれば悦んで、身体を捩って次を求めてしまう。

「本当に素晴らしいね、レオニダ。いくらでも抱ける身体だよ」

そう言ったのは男爵だったのか、伯爵だったのか。

とっくに朦朧《もうろう》としている意識では判断ができない。気絶するぎりぎりのところにいる。レオニダはただ触れられたら、求められるままに従うだけだ。

わずかに攻めの間が空き、レオニダはベッドにうつ伏せて目を閉じた。疲れ切った瞼が痙攣する。目尻が熱い。

眠るなどという生ぬるい状態ではない。気が遠くなる感覚だった。

だが、長くは続かなかった。

腰を鷲摑みにされて、引き上げられて、いままで一度も感じたことのない痛みを感じた。尻の双丘を開かれ、ぎりぎりと突っ込んでくる。本来招き入れるようにはできていないから、まるで切り裂かれるような激痛だった。

「や、やっ……いやっ、痛いっ……なに？」

レオニダはベッドに腹這いになった状態で、無理に浮かせられた下半身を見やった。そこに並んでいるふたりの男たちと目が合う。彼らは好色の笑みを湛える。

「ここも好きになったほうがいい。気持ちよさが倍増するぞ」

男爵が笑いながら言う。

状況的に挿入しているのは伯爵か。

「すうぐ、よくなるよ。レオニダ」

「いや……や……っ、やめて、くださ……っ」

レオニダの願いなど聞き届けられるわけがなく、伯爵は腰を振るって双丘の間の孔《あな》に中芯を入れていく。痛みが強烈になり、レオニダは逃げようと暴れた。身体を反らせ、手足を突っ張らせる。ぎゅうっとシーツを握り締める。

「暴れてはいけない。ちょっとだけ我慢しろ」

男爵がレオニダの項を強く押さえつけた。呼吸が詰まり、視界がぼやけてちらつく。苦しさと痛みが絶望をともなって襲ってくる。

「や……っ、痛い……いや……」

押さえられてなお、レオニダは抗いに首を横に振る。汗ばんで湿った髪が縺れ乱れて、頬に絡みつく。

やがて、伯爵はレオニダの奥までたどり着き、抽挿を開始した。

これまで以上の激痛が全身を貫いた。

「い、いやぁぁあああああああっ」

「レオニダ！」

「接待」の最中に入ってはいけないはずなのに、ドアが開き、ヴィルジリオが飛び込んできた。

「レオニダ！　どうした、大丈夫か！」

ヴィルジリオの声がいままで聞いたことがないくらいに動揺している。

「なんだ！　ヴィルジリオ！」

男爵が激昂した。

「出ていけ！　約束が違うだろう」

「……で、ですが」

ヴィルジリオは咄嗟に入室してしまったことに自ら驚き、躊躇っている。男爵に一喝されて、次の言葉を失う。

これもヴィルジリオらしくない。

どうしたのだろう。

フィリッピ男爵が、レオニダに同時に自分を含めたふたりの男の相手をさせることを提案してからおかしい。冷静なはずのヴィルジリオが簡単に感情を晒すようになっている。なにがそんなに影響したのか、レオニダにはわからない。

「そんなに慌てることはないだろう、ヴィルジリオ。おまえの大切な娼婦をさらに素晴らしく仕込んでやっているんだ。そこで眺めていたらいい」

下劣な提案をして、伯爵はレオニダの双丘を引き裂くようにずるずると腰を使う。

「いたっ……ぃっ、やっ……やぁあっ……っ」

レオニダは痛みに悲鳴をあげた。堪え切れずに腰を捩る。苦痛に膝ががくがくしている。

痛い。

苦しい。痛い。

痛い。やめて。

もういや。やめて。痛い。壊れちゃう。

レオニダは伯爵が動くたびに悲鳴をあげる。身体が引き攣れて軋む。涙が止まらない。

ヴィルジリオが震える声で呼びかけてくる。その弱さがまたレオニダを苦しくする。

彼からいまのレオニダはどう見えるのだろう。傷つけられ、痛みを堪えて、ぼろぼろになっている姿はいかにも惨めで情けなく映ってはいないだろうか。

レオニダは他人の性行為など見たことはない。自らの姿ですら、客観的に想像してもあまり美しいとは思えないから、さんざん弄ばれて穢された今夜のレオニダはひどく汚らしいはずだ。

(見ないで、見ないで……出ていって。お願いです、侯爵さま)

レオニダは胸の深いところで縋るように願った。

これ以上惨めな姿をヴィルジリオに見られたくはない。

「そんなに心配ならおまえも加わったらどうだ?」

男爵の提案はますます下品なものになる。歪んだ笑い声が絡みついている。

怯んでしまったのか、ヴィルジリオの声はあまり聞こえない。

男爵とヴィルジリオの会話を聞いている間も、伯爵の抽挿が続く。痛みに裂かれ、重たい異物に内臓を押し上げられる圧迫感にレオニダは呻き、悲鳴をあげる。

「どうだ? レオニダはあんなに男が好きだ。ふたりが三人に増えたところでどうということはない。我々も楽しいし、当然レオニダも悦ぶ。いいじゃないか」

男爵の声に妙な媚びが重なる。

「そんなこと……私には」

「できないとでも言うかね？」

「できません」

ヴィルジリオがこの部屋に入ってきてはじめて、毅然《きぜん》とした声を発した。レオニダのよく知っているものだった。

「気取るな気取るな」

レオニダを攻め立てながら、伯爵が笑う。

「そうだな、気取るな。ヴィルジリオ」

続けて男爵が笑った。

「触らないでください」

ヴィルジリオが神経質そうな声をあげた。語尾が怯えに染まっている。レオニダは思わず、乱れた髪の隙間からヴィルジリオを見た。

下卑た笑顔の男爵がヴィルジリオの腕を摑んでいた。

「気取るなよ、ヴィルジリオ」

男爵はヴィルジリオの肩に顎を乗せ、揶揄するように覗き込む。ヴィルジリオはさっと視線を背ける。

すぐに顎をとらえられて、顔の位置を戻される。

「侯爵を名乗り、いまは高い地位の職についていても、しょせんおまえは娼婦の息子だ。今回のように女だけでなく自分の身体だって相当使って這い上がったんだろうが」

「それは……」

萎縮《いしゅく》して、ヴィルジリオが身体を竦める。男爵はヴィルジリオの腕をさするように揉み、耳朶に吐息を吹き込むように唇を近づけた。

「おまえのように美しい男は自分自身も高く売れたんだろうな。なあ、ヴィルジリオ」

男爵はぐいっとヴィルジリオを逞しい肌の胸に抱き寄せ、そのままレオニダの前に連れてきた。

「なにを」

「……なに？」

ほぼ同時にヴィルジリオとレオニダが同じ言葉を発した。

それを受けて、男爵と伯爵が笑い出す。

「簡単な話じゃないか。レオニダに愛してもらえ」

「ば、ばかなっ」

ヴィルジリオが慌てて拒もうとする。

だが、鍛えられた男爵の力に細身のヴィルジリオは敵わない。抗いにもならない抗いを繰り返すうちに、後ろ手に誰のものかわからないシャツで縛り上げられ、瞬く間にズボンと下着を剝ぎ取られてしまう。

「やめろ……っ」

ヴィルジリオは呻くように足掻いた。

「ほら、子どもじゃないんだから。じたばたするな、ヴィルジリオ」

蔑みの笑いを漏らし、男爵がヴィルジリオの萎えた中芯を摑む。

「っ……！」

ヴィルジリオが驚愕に息を飲む。

「さあ、一緒に楽しもう」

男爵はレオニダの頭をも摑み上げ、ヴィルジリオの中芯を唇にぶつける。

「やめ……っ」

ヴィルジリオは恐怖めいた声をあげる。当然、そんな声で男爵がやめてくれるはずがない。余計に行為に拍車をかけるだけだ。とにかく淫らに楽しみたいだけなのなだから。そのために他人が傷ついたり、泣いたりしようがかまわないのだ。

「レオニダ姫、王子さまを愛してあげなさい」

男爵がレオニダに唇を開くことを求める。

「やめろ。やめなさい、レオニダ。そんなことしなくていい」

ヴィリジリオは拒もうと動いたが、男爵に摑まっていて逃げることができない。

男爵がレオニダの唇を無理やり開かせる。ヴィルジリオの力ない部分がするりと入り込む。

「レオニダ……っ」

絶望的な声が引き攣れて響いた。

レオニダが微かに舌を動かし、唇を窄《すぼ》めると、ヴィルジリオの分身がびくっと痙攣して力を得る。ヴィルジリオは嫌悪でたまらないとばかりに腰を引こうとする。が、レオニダはすんで舌を絡ませた。

「う……」

ヴィルジリオが呻く。

その切ないいかけらに、レオニダの鳩尾あたりで蹲っていた欲望が起き上がる。男爵や伯爵に攻められても動かなかったものだ。やはり、ヴィルジリオ相手でなければ、レオニダの中のすべては反応しない。

レオニダからの愛撫で快楽を得ているのであろうヴィルジリオの中芯はまた少し大きくなる。

それが嬉しくて、レオニダは丁寧に舐め続ける。くちゅ、ぴちゃっと艶めかしい音がする。

その響きに淫らな感覚を扇動する。

伯爵にあらぬ部分を貫かれ、犯されている痛みなど忘れてしまう。頭の中はヴィルジリオのことでいっぱいだ。

「……く……やめ、ろ……」

ヴィルジリオはこんなにも反応しているのに、口ではまだ抵抗を呟く。レオニダはいつも言わされたように、ヴィルジリオにも「気持ちがいい」と言って欲しいと思った。だから、まるでヴィルジリオの劣情を絞り取るみたいに舌を使う。口腔の中でヴィルジリオがさらに膨らむ。

「や……だめ、だ……レオ……」

ヴィルジリオの声が切なく漏れる。彼の中芯もぴくんと揺れた。

ヴィルジリオはレオニダの唇の中で達したけれど、とても屈辱的なことだったに違いない。ずたずたになるほどの扱いを受けた翌朝、ベッドにぺたりと座り込んで、いつまでもレオニダは思っていた。

出世のために自らも切り売りすると断言していたヴィルジリオでも、意に添わぬ遂情はプライドがねじ切られるような恥辱で、でも同時にそれはレオニダにとってはとてつもない恍惚だった。焦がれている美しい人がレオニダの愛撫で達したのだから。

「……レオニダ」

もう出ていってしまったと思っていたのに、背後から抱き竦められて、レオニダは飛び上がらんばかりにして驚いた。

だが、すぐに回された腕の滑らかさでヴィルジリオだと気づき、ほっとする。

「侯爵さま……」

「怖い思いをさせた」

レオニダの項に唇を寄せて、ヴィルジリオが囁く。声はひどく震えている。

娼婦になると決めたときから、レオニダのプライドなどないようなものだけれど、ヴィルジリオは気高い人だ。野望を抱き、そのためにへりくだることがあっても、彼の自尊心は傷つかない。その先にさらなる高みがあるのだ。

だが、昨夜の行為ではきっとへし折られた。レオニダが受けたのはいつかは治る傷の痛みに過ぎない。

けれど、ヴィルジリオは……。

そう考えたら、切なさに押し潰されそうになる。心からの涙が込み上げてくる。

(傷ついた大切な侯爵さまを守ることも慰めることもできない。私はなにもできない)

レオニダは腰に回っているヴィルジリオの腕をじっと見つめた。

「……私は、ちっとも」

なにもできないからこそ、せめて傷ついていないふりをする。ヴィルジリオが望んだことは、レオニダにとって決してつらいことではないのだと伝えたかった。

「無理をしなくていい」

「いえ。本当に」

レオニダが首を振ると、ヴィルジリオの腕の力が増した。

「私は本当に残酷な男だ。あんな恐ろしくて苦しい思いをさせて、レオニダをめちゃくちゃにした。最低だ」

ヴィルジリオの自虐の呟きが苦しい。やるせない。

そんなことを言って欲しくない。ヴィルジリオが折れて、自分が蒔《ま》いた種の醜悪さに気づいたのだとしても、レオニダのいままでを否定する言葉だ。

(侯爵さま、言わないで。本当に私は平気ですから)

レオニダはそう言いたかったけれど、声に乗せることができなかった。咽喉の奥が乾いて、溜息にしかならない。

「もう、あんな思いはさせない」

意を決したように聞こえる囁きが届いて、レオニダの鼓動がひとつ大きく高鳴った。

「侯爵、さま……?」

「レオニダは二度と傷つかなくていい」

そう言い放つと、ヴィルジリオは覗き込むようにレオニダにくちづけてきた。優しく包み込む穏やかなキスだった。

数秒の重なり合いの後、ゆっくりと唇がほどける。

「……レオニダ」

甘やかに呼びかけられて、抱きくるむみたいにベッドに横たえられる。優しいままの唇が首筋を滑り、鎖骨を啄み、乳房を掠め、その先端にたどり着く。ちゅっとキスをされて、レオニダは軽く身体をしならせる。ヴィルジリオの背中に腕を絡める。

「愛している」

いつか耳にした錯覚がまた聞こえたような気がした。

(まさか。そんなことは、ありえないことよ。なんて都合のいい耳なの)

自分を窘《たしな》めながらも、レオニダはもう一度聞きたくて、ヴィルジリオにしがみつく。

(侯爵さまが娼婦の私に、愛など囁くわけがない)

優しいキスが臍を流れ過ぎていく。くすぐったいような、もどかしいような、浮遊感にも似た快感がじわじわと広がる。どんな激しい攻めよりも身体を震わせる。

「侯爵さま……んっ」

レオニダはゆるやかに腰を捻《ひね》った。ヴィルジリオの唇は柔和にレオニダの肌をなぞりながら、足の付け根まで到達する。キスがレオニダの女に触れる。

「あ……っ」

強烈な刺激ではないが、甘美な恍惚がある。ヴィルジリオはいつも以上に優しい。レオニダと結ばれようとしているけれど、傷ついた部分をいたわりたくて、ひどくしたくないという想いも伝わってくる。

もちろん、勝手な解釈だ。うぬぼれた思い込みだ。

ヴィルジリオが自ら作り上げた娼婦を相手にそんな優しさを今更くれるはずがない。彼にはいくらでもひどくする資格がある。レオニダを本当の意味で壊していいのはヴィルジリオだけだ。

逆に言えば、ヴィルジリオ以外にはレオニダは壊されない。何人もの「接待」をこなし、どんなに快楽を塗り込まれても、レオニダはヴィルジリオのためだけに存在しているのだから。

(もっとひどく扱ってくださっていいんです。侯爵さま。私はなにをされても望むようになります。こんな汚れた私になど優しくしないで)

でも、レオニダは確かに聞いたのだ。ヴィルジリオがレオニダの敏感な中に舌を滑り込ませる前、確かに「愛している、レオニダ」と囁くのを。

第十章　湖の別荘にて

あまり食欲がなくて、ちぎったパンを指先で弄んでいたレオニダに、不愛想な口調でヴィルジリオは「別荘でのんびりしてきたらいい」と告げた。

「別荘、ですか？」

「湖が近い。緑も多い。食べ物も美味しいはずだ」

ヴィルジリオも食欲がないのか、スープを一口二口飲んで以来、なにも口に入れていない。

レオニダは急な提案の意図がわからず、首を傾げた。手のひらにあったパンのかけらを皿に落とす。

「どうして、急に……？」

「レオニダには休息が必要だ」

「私、大丈夫です」

「大丈夫な顔をしていない」

ヴィルジリオはぴしゃりと言いきって、レオニダを見据えた。敵を射抜くかのような鋭い眼光だった。レオニダは身震いして、わずかに視線を逃がした。

「顔色がよくないし、窶《やつ》れている。そんな顔は見ていたくない」

表情のままに冷たい言葉を投げつけられて、レオニダは怯んだ。指先がひどく震え出し、それを誤魔化したくて強く組み合わせた。

「それは……」

「ん？」

ヴィルジリオは、掠れたレオニダの問いかけを億劫そうに訊き返す。やはり昨夜の優しいベッドは幻だったのかもしれない。

そう思わねば納得できないほど、ヴィルジリオの声は酷薄に染まっていた。互いに傷つけられ、自身はプライドをへし折られ、その場の流れで傷を舐め合うようにレオニダと抱き合ったことを後悔しているのだろうか。

だから、常より一層きつい口調になるのか。

レオニダにしてみれば、偽物であっても「愛している」に縋りつきたいのに。

(私の神さまが私を愛していてくださるなんて、こんな幸せなことはないもの。だから、私は侯爵さまのために、これからもなんでもしなければいけない。侯爵さまの代わりにいくらでも汚れる。別荘なんて行って休んでいいわけがない)

そう思ったら、指先の震えが止まった。

「……それは、もう私は役に立たないということ、ですか？」

レオニダはさっきよりはっきりとした強い声になるように気をつけて訊いた。ヴィルジリオの眉尻が神経質そうに引き上がった。レオニダの質問にいらっとした様子だった。

「誰がそんなことを言った?」

「だから、別荘に行けと言うのではないのですか?」

「人の話を歪曲して理解しないで欲しい。私は一度もあなたを必要じゃないなどと思ったことはない」

相変わらず冷たいままではあったけれど、微かにほのあたたかくなる言葉をヴィルジリオが発した。無理にそう聞こうとしているだけかもしれないけれど、レオニダにはとても嬉しかった。

(私の大切な侯爵さま)

レオニダは思わず微笑みそうになる口元をぐっと引き締めた。

「女はいろいろ支度があるだろうから、今日の今日出発というわけにもいかないだろう。あの別荘に見合うドレスのほうがいいからな」

「いえ……私には支度なんて」

レオニダはわずかな幸せに浸るように、甘ったるい仕草で頭を横に振る。

「あなたの部屋にあるドレスで別荘に滞在するのは不自然だよ。あんなものは自然の中には似合わない」

ヴィルジリオは淡泊な早口でレオニダの言葉と仕草を遮る。レオニダの甘えなど受け入れる気はないと言いたげでさえあった。

「もっとやわらかく見えるドレスを数枚支度させる。三日もあれば揃うだろう。それから出発したらいい」

「……あ、ありがとうございます」

命令口調で取りつく島のないヴィルジリオに、レオニダは萎れるように俯いた。

「傷が癒えたら戻ってきなさい」

やはり優しくは感じられない早口で言い残すと、ヴィルジリオは席を立った。

侯爵家の屋敷から二頭立ての馬車に揺られること、約半日。

カルレッティ家の別荘は、穏やかに澄んだ青緑色の水を湛える湖の近くに建てられていた。

部屋数は食堂を含めて四つ、そのほかに召使い用の小部屋が二つ。平屋で屋敷のように広い。

玄関フロアも廊下もないが、レオニダがひとりきりで静養するには充分な広さだった。滅多に使わないと言っていたが、それでも時折掃除は入れているらしく、黴臭《かびくさ》さも埃《ほこり》っぽさもない。空気も綺麗だ。

「こちらの部屋でよろしいんですか？」

別荘でも世話係をするためにレオニダについてきてくれたミーナが呆れた顔をしたほど、

レオニダが自分用に選んだ部屋は狭かった。奥の壁に沿ってベッドが置いてあり、その横に作りつけのクローゼット、窓際には文机と椅子を据えただけなのに、空間が少なく移動がしにくくなっている。

「広い部屋は落ち着かないもの。なんでも手を伸ばせば届く範囲にあるのが一番よ」

「レオニダさまは意外に貧乏性ですね」

「当たり前でしょう？　私は施設育ちだもの」

いたずらっぽく微笑んで、レオニダは東向きの窓を開けた。深い緑の常緑樹の隙間に湖が見える。光を反射してまるでエメラルドのようだ。

「そうでした。レオニダさまはとても気品があるから、ときどき忘れてしまいます」

ミーナは屈託なく言いながら、レオニダのふたつのトランクを運ぶ。

(その気品らしく見えるものは、侯爵さまが授けてくださったもの。本来の私にはなかったもの。私が皆から褒めてもらえる部分はすべて、侯爵さまからいただいたところ。そういう意味でも私は侯爵さまのためだけに生きていかなくちゃいけないの)

レオニダはミーナの言葉を受けて、よりヴィルジリオへの敬愛を自覚する。

早く体調を戻して屋敷に帰らなければ。

(侯爵さまのお傍にいなければ駄目。私などのために余計なお金をまた使わせてしまったのだから、その分もお役に立つためにも)

レオニダはちらっとミーナが運ぶトランクを見やる。

中にはヴィルジリオが別荘で着るために支度してくれた数枚のドレスと靴しか入っていない。そして、はじめて「接待」をする際に、レオニダに似合うはずだと持ってきてくれた淡いブルーのドレスもこっそりトランクの一番下に詰め込んである。派手ではないが、可愛らしく小花とレースで飾られて、たぶん華やかな場所でこそ引き立つデザインだろうから、別荘で過ごすには不釣り合いかもしれない。

でも、ヴィルジリオが似合うと言ってくれたドレスだから傍に持っていたかった。顔を見たり、気配を感じたりできないほど距離が離れている。

出発の日、ヴィルジリオは、なにか必要であれば連絡をくれればすぐに送ると、馬車に乗り込むレオニダの背中に声をかけてきた。「お願いします」と答えたけれど、たぶん必要なものなど増えない。あの屋敷では通用しなかっただけで、本来のレオニダの性格からすれば、汚れてさえいなければ毎日同じドレスに靴でかまわないのだ。

そんな気使いよりも、一緒に行くと言って欲しかった。

もちろん、ヴィルジリオに仕事があることはわかっている。いろいろな犠牲を払ってでも手に入れたくて、やっとの思いで摑み取った地位にともなう職務だ。簡単に気楽に抜け出せるような無責任なものではないし、ヴィルジリオもそんないい加減な人間ではないと思う。

そう理解した上で、ほんの数日、いや、別荘に向かう半日程度でもいい。一緒にいて欲しいと思ってしまった。

（侯爵さまにそんなことを望むだけで罰が当たるって、冷静になればわかるのに。私、本当に弱っていたんだわ）

レオニダはきらきらした湖面から、いま身に着けている濃い青のドレスに視線を移動させた。ハイネックほどではないが、襟元が詰まっていて大きなリボンが結ばれている。ふわりと広がった裾には可憐《かれん》なレースが重なり、よく見ればスカート部分にだけ透かし織で薔薇模様が入っている。屋敷で着ていたような艶やかさはないが、手が込んでいて清楚で可愛らしい。とても素敵なドレスだけれど、やはりヴィルジリオを近くに感じる幸せには敵わない。

（……侯爵さまの代わりのドレスだと思って、大切にすればいい。そういうことだわ）

しっかりと自分に分別をさせつつも、レオニダは小さく溜息をつく。

「レオニダさま？」

ドレスをトランクからクローゼットに移そうとしていたミーナが聞き咎めたのか、怪訝そうに声をかけてくる。

「なにかありました？」

「え……どうして？」

レオニダは質問の意味をわかっていながら、白《しら》を切るような返事をした。肩越しにミーナを見やる。ミーナはトランクの鍵を開けたところだった。

「溜息をついていらっしゃったから」

「ああ、そう？　気づかなかった。無意識だったみたい」

レオニダは自分でもしらじらしいなと思う言葉を繕った。ミーナは不審がることもなく、にっこりと笑った。

「長旅でお疲れなんです。身体を洗って差し上げますから、着替えてゆっくりおやすみになってください」

「ありがとう。でも大丈夫よ。少し湖を散歩してきます」

「まあ、それもいいですね。お供します」

ミーナはとても嬉しそうだった。


湖は別荘の窓からは近く見えたけれど、直接繋がる道がないから大回りしなければならず、意外と歩く羽目になった。

美しい湖だった。

確かに間違いなく美しかった。

でも、薄っぺらく感じられた。

どうしてそんなふうに見えるのか、理由は充分にわかっている。

（侯爵さまがここにいないから。やっぱり侯爵さまがいてくれないと……どんなものでも美

しさが霞んでしまう）

一時間近い散歩の最中もレオニダは幾度となく瞼を閉じ、ヴィルジリオの端整な姿を思い返した。崇拝すべき美しい眼差しにほうっとして、目を開くと、全身にたとえようのない幸福感が溢れている。

（侯爵さまを想うだけでこんなに幸せ。私は本当に幸せなのだわ。だからこそ尽くし続けなければいけない。本当の罰が当たってしまう）

散歩から戻り、別荘の玄関を開けると、香ばしく肉の焼ける匂いで満ちていた。

屋敷からともに来たのは、ミーナとボディガードにもなりそうな屈強な庭師の男のみで、料理人は現地の人間を手配するとヴィルジリオが言っていたから、その人物が夕食の支度をしてくれているのかもしれない。

「様子を見てきますね」

「私は部屋にいるわ」

「お食事の支度が整ったら呼びに行きますけど、先にお飲み物をお持ちしましょうか？」

「それじゃあ、冷たいものをなにか」

レオニダはミーナの思いやりに素直に甘えて微笑んだ。ミーナはそれだけのことにとても嬉しそうに頷いた。

「よろしくね」

そう言い残して、レオニダは部屋に戻る。

散歩に出る前にミーナがトランクの中身をクローゼットに移動してくれたから、部屋はすっかり片づいている。ほぼなにもないと言っていい室内は居心地がいい。ひどく落ち着く。公爵家の屋敷で与えられていた豪奢な部屋より、こんなシンプルな場所がレオニダには合っているのだと改めて思う。どんなに贅沢を得ても生まれ育ちに見合うものがいいのだ。

施設から脱するために玉《たま》の輿《こし》に乗せてくれる王子さまに憧れもしたけれど、それが現実になり、ヴィルジリオとは比較にならないくらい愛してくれていたとしても、きっと物珍しくて嬉しいのは最初だけで、結局は落ち着かない毎日になってしまったことだろう。身の丈に合う幸せがたぶん最高の幸せなのだと、いまならわかる。

(だけど、侯爵さまのいない生活に戻るのもいや。あの方がいなくなったら私、絶対に生きてはいけない)

レオニダは溜息を漏らしながら、屋敷を出るときから着ていた濃い青のドレスを脱ぎ、そのまま寝てしまってもかまわないようなラフなエンパイアドレスに着替えた。肩紐と腰紐だけが淡い緋色なだけのアイボリーのドレスはなんの飾りもレースもフリルもついていない。ただ布地と縫製が上等だから素晴らしくラインが綺麗に出ている。

薄い織りのストールを肩からかけ、ベッドに腰掛ける。枕元の棚に数冊の本が置いてある。屋敷で受けていた語学の教師から勧められたものだ。「接待」が増えた状況ではページを捲ることができなかった。ここでならゆっくりと読める。

知らない言葉が多いから時間がかかるだろうけれど、読書を楽しむ経験をしてみたい。

ゆっくりページを捲り、最初の数行を読み終えたところで、ドアをノックされた。


夕食には鶏肉のハーブ焼き、白インゲン豆のサラダ、ミネストローネ、キノコソースの夕リアテッレが並んだ。

田舎《いなか》の料理人とは思えないほど味がよかった。施設で野菜の切れ端が浮いたスープとパン程度のメニューばかりを食べていたレオニダも、ヴィルジリオのもとでの贅沢な食生活のおかげでだいぶ舌が肥えている。

だが、食欲のなさは継続していて、ほとんどを残してしまった。

「お気に召しませんでした?」

献立の皿を片づけて、生クリームのたっぷり載ったレモンケーキを運んでくると、ミーナが不安そうに訊いてきた。純真な瞳がレオニダへの心配に満ちている。

「違うの。そうじゃないのよ」

「だったら……」

「まだ疲れているみたいで。きっと一晩寝たら食べられるようになるわ」

レオニダは紅茶をカップに注いでくれるミーナを見つめた。

「それならいいんですけど……もしかどこか具合が悪いようならすぐに言ってくださいね。レオニダさまになにかあったら旦那さまがご心配なさいますから」

「……ありがとう」

本当にヴィルジリオは心配してくれるだろうか。

優しい顔をした後で、すぐに仮面を剥ぐように冷たく無表情になる。だから、どちらが本心なのかすぐにわからなくなる。

レオニダからの一方通行の感情に過ぎないのに、ヴィルジリオがいないと、すべてが楽しくない。景色の美しさは薄れるし、食事も味気ない。ともにいたところでなにをしてくれるわけでもないのに、優しい言葉ひとつ簡単にはくれないのに、ヴィルジリオにいて欲しい。

いや、違う。

形になるものを望んでいるわけではない。欲しいものもない。本当になにもいらないのだ。

(侯爵さまが欲しいだけ……)

それこそが過分な願望だと、ちゃんとわかってもいる。

だからこそ求めてしまう。切なくて苦しくてたまらない。

レオニダは思わず両手で顔を覆った。軽く息を吸い込むと、ひゅうっと嗚咽に切り替わる。

途端にどうしようもなく泣きたくなった。

「レオニダさま?」

心配げなミーナの声がする。

「レオニダさま？　どうしたんです？　ねぇ、レオニダさま？」

「大丈夫よ。大丈夫だから」

レオニダは手のひらを強く顔に押しつけ、低く掠れた泣き声を漏らしてしまう。こんなことをしたらミーナが心配するだけなのに。巡り巡ってヴィルジリオの耳にも入り、余計な気使いをさせてしまうばかりなのに。

泣き声はどうしても止まらなかった。

第十一章　最後の訪問者

別荘に来てすでにふた月。

めちゃくちゃな行為でついた傷はほとんど癒え、どんな動作をしても入浴をしてもどこも痛んだり沁みたりしなくなっている。そろそろ屋敷に帰ることを考えねばならない。このまいつまでも別荘にいてはヴィルジリオの役に立てない。

このふた月、ヴィルジリオの周辺は変化なかっただろうか。なにかひどい思いをするようなことはなかっただろうか。

屋敷を出る前の最後の「接待」でへし折れたヴィルジリオを思い出すと、いまでも息苦しくなる。視界が滲む。こらえきれない嗚咽がこぼれてしまう。

いまだって、ほんの少し記憶を手繰っただけで泣きそうな気分に襲われている。

ヴィルジリオの傷は、レオニダのように容易くは癒《い》えないとは思う。まだ手ひどい痛みを抱えたままで日々を暮らしているに違いない。

傍に戻りたい。

戻ったところでなんの力にもなれはしないけれど、ただひたすら傍にいたいのだ。

「侯爵さま……」

読みかけの本から視線を上げ、レオニダは改めて呼びかけてみる。切なさが込み上げてきて、ページを押さえる指先が震えた。

別荘に来た日から読み出した本だが、まだ十五ページほどしか進んでいない。懸念した通り、わからない言葉が次々に飛び出して、理解するのにどうしても時間がかかってしまう。

いや、それればかりではない。

いまのように、ついなにかにつけてヴィルジリオを思い出して、集中力が途切れてしまうのだ。こんなにも囚《とら》われていたのだと、愛してしまっていたのだと、嫌というほど思い知る。

レオニダはふうっと溜息を漏らし、軽く束ねただけの髪に触れた。

情けないくらいにすべてがヴィルジリオに向かっている。

「レオニダさま」

その瞬間、ノックとともに窺うようなミーナの声がした。

「……どうしたの？」

「お休みでしたか？」

「いえ、まだよ」

夜はだいぶ更けている。夕食を終え、寝室に戻ったのが午後九時過ぎだから、この部屋に時計はないけれど、本に集中していた長さから推測して、もう真夜中と呼んでも差し支えない時刻に違いない。

「お客さまがいらしています」

「え、こんな夜に？」

「旦那さまのお知り合いらしくて」

ドアを開けて顔を見ずとも、ミーナが困惑しているのが伝わってくる。

「侯爵さまのお知り合いの方がなぜ……」

そこまで言ってから、はっとする。屋敷から離れたことでうっかりしていたが、レオニダには大きな役目がある。ヴィルジリオのためになる「接待」をしなければならない。それをいつも求められている。

身体が傷ついているときには休息をもらえても、癒えているのであればヴィルジリオが招待した男たちの欲望に応えねばならない。

どうしてもとの火急の状況があり、ヴィルジリオは別荘に招待することを決めたのだろう。

「明日改めて来ていただきましょうか？」

「いえ。かまいません。お会いします」

レオニダはきっぱりと答えた。

「よろしいんですか？」

「奥の客間にお通ししておいてください。着替えてすぐに行きます」

穏やかに言いながら、レオニダはベッドから立ち上がる。まっすぐにクローゼットに向かい、ドレスを探る。「接待」に見合う華やかで艶やかなドレスを持参してきていない。色気のない可愛らしい恰好《かっこう》でもいいのだろうか。

レオニダが娼婦としてはオフの状態であることを招待客は知っているのだろうか。ヴィルジリオはきちんと伝えてくれたのか。

不安ではあったが、応じないわけにはいかない。

レオニダはかろうじて華やかに見える藤色のドレスに手を伸ばした。襟元がスクエアになっていて大きめのビーズが散りばめられている。スカート部分は幾重にもなったティアードだ。

レオニダはストールをベッドに放り投げ、室内用に決めたアイボリーのエンパイアドレスを脱ぎ、下着も外す。「接待」のときには下着をつけない決まりになっている。

素肌に直接ドレスを身につけると、特に薄い布地ではなくとも乳房の形も先端の粒も結構はっきりとわかる。充分身体を鬻《ひさ》ぐ女の恰好だ。

スカートを整え、髪を束ねていたリボンをほどく。軽くブラシをあててから、姿見を覗く。もう入浴を済ませてしまって素顔だから、丁寧に白粉を叩き、睫毛を指先ではじき、口紅を塗る。

屋敷で見慣れた娼婦が鏡の中に現れた。

どんな招待客だろう。

わざわざ別荘の場所まで報《しら》せるくらいなのだから、最重要な存在なのかもしれない。

(失礼のないように……久しぶりだから気をつけなくちゃ)

レオニダは深呼吸をして、室内履きを靴に履き替えた。

(お任せくださいね、侯爵さま)

遠いヴィルジリオを想いながら、レオニダは部屋を出た。


客間の扉は開いたままだった。深夜だから、男女が密室にこもる形になるのをミーナが懸念してくれたのだろう。

(どうせ閉ざさなければならなくなるのよ、ミーナ。ごめんなさいね)

室内を覗くと、大柄な男性が通されていた。

横柄にソファに腰掛け、まずそうにコーヒーを飲んでいる。鷲鼻《わしばな》が際立つ横顔で、目尻がきつく切れ上がっている。ウェーブのかかった髪は明るい栗色。肩幅の広い身体にくすんだ青の上着を羽織っている。襟が高く、金モールで飾られた軍服のようなデザインだ。

「いらっしゃいませ。レオニダでございます」

レオニダは静やかにドアを閉めると、ソファに歩み寄り、男性の傍らに跪いた。

男性は無言のまま、上から下まで舐めるようにレオニダを見定めた。

「ふうん……噂も馬鹿にできんな」

男が感心したように呟く。

「噂ってなんですの？」

レオニダは嫣然《えんぜん》と見えるように首を傾げて、媚びた視線で男性を見つめた。

「美しく淫らな娼婦がいると聞いてね」

男性は眩しそうに眼を細めた。

「ご覧になっていかがです？」

「噂を聞いて、想像していた以上の女だな」

「お褒めいただいたと思ってよろしい？」

レオニダは男性の膝先に身を寄せ、太腿に手のひらを乗せた。男性が当然のように手を重ね置き、レオニダの指先を握り締める。

「それはベッドで判断しようか」

男性の声が急激に上擦りはじめた。もう昂ぶっているのか。単純なことだ。

「早速？」

「ああ。膝においで」

男性は握り締めたレオニダの手を引っ張った。レオニダはドレスの裾を意図的に乱して、脛まで露出する形で男性の膝に腰掛けた。あまり体重をかけないように気をつけながら、男性の首筋に腕を絡ませた。

「よい香りがするな」

「女の身だしなみです」

「いやらしい気分になる」

そう言うなり、男性はドレスの上からレオニダの胸を中指で撫でた。粒で止まった指の腹がくるりと回る。

レオニダは久しぶりの快楽の気配に小さく震えた。だが、漏れそうになる声は唇を噛んでこらえた。いつもなら簡単に発してしまえるのに、間隔が空いたせいか、かなり照れ臭い。

「どんなふうに扱ってもいいのか」

「お好きなようにどうぞ」

「ひどいことをするかもしれんぞ」

男性はレオニダを見上げ、にやりと笑む。

レオニダは唇を噛むのをやめて、ゆるやかに微笑んだ。

「ですから、お好きになさって」

レオニダが男性の髪をまさぐるように手のひらを滑らせ、そのまま首筋を抱え込む。男性の鼻先がレオニダの胸元に触れる。男性もレオニダの腰に腕を回し、さらに胸を顔に押しつけた。

熱い吐息が先端の粒を掠める。

「……あ……ん」

今度はこらえきれずに声が漏れた。

男性は嬉しそうにレオニダの胸の谷間に顔を埋めた。

「レオニダ！　やめろ！」

唐突に客間のドアが引き開けられ、ヴィルジリオが駆け込んできた。荒々しく息を切らせている。羽織ったコートの肩がずれ、まともにボタンも留まっていないシャツから鎖骨や腹が見えている。

「侯爵さま……」

ぎょっとして、男性の首筋に回した腕を緩める。まさかヴィルジリオが現れるとは思っていなかったから、レオニダはどうしていいのかわからなくなった。

「どうして？」

「もう誰にも抱かれなくていい！　そんな必要はない！」

ヴィルジリオは悲痛に響く声で叫ぶと、つかつかとソファに歩み寄ってきた。レオニダの腕を摑んだ。

「やめていい」

「だから、どうして急にそんなことをおっしゃるんです？」

「接待」はレオニダの役目だし、そのためにこの男性を別荘によこしたのではないのか。ヴィルジリオが居場所を教えなければ、ここに来ることはできないはずだ。

それなのに、なぜ止めるのか。

「本当にもういいんだよ、レオニダ。もうあなたが傷ついて、悲しい怖い思いをしてまで犠牲になることはない」

ヴィルジリオはレオニダを見つめ、苦しげに首を振る。

どういうことなのか、まったくわからない。

男性を招待しておいて、すんででやめろだなんて、矛盾もいいところだ。

「いい加減にしろ、カルレッティ。おまえが抱けと差し出した女だろう」

男性は嘲笑気味に言い放つと、ヴィルジリオの手を払い、レオニダのドレスの裾を捲り上げた。大きな手のひらで太腿を撫で、足の付け根へと滑らせていく。レオニダは慣れたように背筋をしならせた。

「やめろっ！」

ヴィルジリオはレオニダの腕を再び掴んで、男性から思いきり引き剥がした。身体の後ろにレオニダを庇《かば》い、男性と対峙する。

「どう、いうことだ？　これは？」

男性は憤怒を眼差しに浮かべている。当然の怒りだろう。ヴィルジリオの変貌がレオニダにも理解できなかった。

「閣下、お怒りは私がすべて……」

「そんなものはいらん。その女を抱かせれば済む話だ」

ヴィルジリオに閣下と呼ばれた男性は焦れたように吐き捨てる。

「抱かせろ」

「できません」

「カルレッティ！」

「できませんっ！」

ヴィルジリオが絶叫する。

男性の眼差しの憤怒が激昂に変化していく。その恐ろしさに、レオニダはヴィルジリオの後ろで身を縮めていた。美しく愛しい人の背中に縋りつきたくなる。でも、そんなことが許される関係ではない。

「おまえはこの私を馬鹿にしているのか！」

男性がソファから立ち上がり、ヴィルジリオのシャツの襟元を掴む。羽織ったコートがさらに肩からずり落ちる。

「馬鹿になどしておりません。ただ……」

「ただ、なんだ？」

「ただ……愛する女をもう他の男に触れさせたくない。それだけのことです」

ヴィルジリオが言い出した言葉があまりにも思いがけなくて、レオニダの鼓動が崩壊するような速度で脈動をはじめた。驚きと信じられない気持ちと言いようのない喜びが一気に混ざり合って、咽喉の奥が詰まる。喘ぎにも似た吐息が渦巻く。胸が苦しくて痛い。視界が瞬く間に潤んで、なにも見えなくなる。

(侯爵さま……愛しているって、いま……)

抱かれたときに聞こえたのは身勝手な錯覚だと思っていた。

本当にヴィルジリオが呟いた言葉だったのだ。あのときもあの瞬間も。

「では、おまえは私を騙したのか。その女とグルになった美人局《つつもたせ》か」

「そんな馬鹿なことをするわけがっ」

ヴィルジリオが激しく否定するが、男性の怒りは収まらない。それどころか、ますます増大しているように感じられた。

愛情の成就に喜んでいる場合ではない。男性の憤怒を静めなければ、ヴィルジリオの立場が危ないのではないか。身体を開くことをヴィルジリオは阻止してくれたけれど、今夜ばかりはこの男性の望むようになったほうがいいのではないだろうか。

これを最後にすればいい。この「接待」以降、ヴィルジリオ以外の男には抱かれない。だから、すべてを丸く収めるために、今夜は娼婦になる。

それでいいのではないだろうか。

ヴィルジリオは男性を閣下と呼んだ。いつぞや繫ぎを取ってもらうと約束していた大公のことではないのか。やっとたどり着いた待ち望んだ相手を無下に追い返してはいけない。

ヴィルジリオの立身出世のための最重要人物のはずなのだから。

最高の「接待」をして、ヴィルジリオの力になりたい。愛していると言ってくれた大切な人を守りたい。

レオニダはそう思うのに、ヴィルジリオは頑《かたく》なに考えを譲らない。男性を手ぶらで不満のままに帰らせようとしている。

「口ではなんとでも言える」

男性は蔑みを込めて言い放つ。ますますきつくヴィルジリオのシャツを摑み上げる。ヴィルジリオは苦しげに身を捩ったが、抗おうとはしなかった。

それが男性——大公への忠誠だと言わんばかりに。

「私を侮辱したも同然だ。どう落とし前をつける？」

「落とし前……」

ヴィルジリオは大公の言葉の意味を嚙み締めるかのように低く反芻した。

「どうする？」

大公は威嚇するようにヴィルジリオを追い詰める。ヴィルジリオは決心がつきかねるとばかりに次の言葉を発さない。

ふたりの間の緊張感が凄まじい。まるで鋭い刃がぶつかり合っているみたいだ。

どうすることもできなくて、レオニダはヴィルジリオの背中に隠れたまま、おろおろするばかりだった。

「さあ、どうする」

「……どうとでも」

ヴィルジリオは諦観《ていかん》の言葉を返し、床に膝をついた。

レオニダは驚いて、視界が開けた先で身を屈めるヴィルジリオを見つめた。滑らかな金髪に黄ばんだ照明が反射して歪む。

「なんのつもりか」

「閣下のお気の済むようにしていただければ」

驚くほど静かに言い切って、ヴィルジリオはゆっくりと首を垂れた。

「侯爵さま……私」

嫌な予感に駆られて、レオニダは咄嗟に一歩前に出る。長い腕が気配を察したように伸びてきて、レオニダの次の動きを制する。

「レオニダはなにもしなくていい」

「でも、侯爵さま、私さえ……」

レオニダはヴィルジリオの肩を摑み、横顔を覗き込もうと身体を折り曲げた。制止してくれた腕が膝先を掠める。そんな接触すら愛おしくてたまらない。

「あなたは本当にもういい。これ以上はなにもいらないから」

ヴィルジリオは振り返らない程度に顔をレオニダの方向に向けて、やわらかに囁く。

「あなたを傷つけた分の罰もまとめてここで受けるだけだ。なにが起きても、いまからあなたは自由だ」

美しい口元に微笑みが過ったように見えた。

だが、よく見たらレオニダの位置からはヴィルジリオの表情ははっきりとはわからない。整った鼻梁や顎の形が窺えるだけだ。

（また別の錯覚……）

愛されているのは錯覚ではなくても、違う誤りは起こる。どんなに近くにいても、傍にいても、他人同士なのだ。

だからこそ、言葉が必要なのに。

ヴィルジリオとレオニダはあまりにも言葉を交わさずにきた。幾度も肌を合わせ、快感を分かち合いながら、なにも伝えずにいた。錯覚が起こるくらいこんなにぎりぎりまで。まともな優しさも微笑みも知らなかった。

「私は自由になんかなりたくない」

レオニダはきゅうっとヴィルジリオの肩にしがみついた。

「レオニダ……」

驚いたようにヴィルジリオが、今度は確かに振り返り、レオニダを見た。視線を感じて、レオニダも顔を上げる。

「なぜ?」

「なぜなんて質問をされるとは思いませんでした」

心外だった。

レオニダはヴィルジリオの望む通りの女になった。どんなことでもヴィルジリオのためなら平気だった。神さまに祈れる綺麗な身体や心を失ったけれど、レオニダだけの大切な美しい神さま――ヴィルジリオに染まり、尽くしたいと、仕え続けたいと思っている。思い続けている。

ここまで変わったのに、なぜ離れねばならないのか。どうしてヴィルジリオから自由になる必要がある?

本当に愛しているというのなら、縛って欲しい。ずっと傍にいろと命じて欲しい。その言葉だけでレオニダはどんなつらさでも乗り越えられる。

それが偽物の言葉でも、これからも迷いなく娼婦でいられる。ヴィルジリオのためであれば。

「私は侯爵さまを崇拝しています。これは絶対的なものです。永遠です。そして、侯爵さまも私を愛していると言ってくださった。身に余る慈悲です。それがどんな愛であっても、離れる理由などありません」

「そんな優しいことを言われたら、私は図々しくあなたを傷つける」

「私なら大丈夫です」

その言葉を受け止めて、ヴィルジリオはやんわりとレオニダの髪を撫でた。少しだけ顔の位置をずらしてレオニダの頬に唇を寄せる。

「いつまでメロドラマをやっている気だ！」

大公が痺れを切らせて、声を荒らげた。

はっとして、ヴィルジリオとレオニダはほぼ同時に大公を見上げる。怒りに滾る表情をたたえたままの大公が仁王立ちになっていた。

「そんな三文芝居を観《み》に来たわけではないぞ」

「存じております。私の身勝手でご足労をかけ、さらに侮辱に感じられるような言動をいたしました」

ヴィルジリオは肩に縋りつくレオニダを剝がし取り、姿勢を整え直して深々と頭《こうべ》を垂れた。

その様子を眺め、大公は双眸に侮蔑の光を過らせた。腕を組み、なにごとか企《たくら》むように右側の口角を引き上げる。

大公の表情の残忍さに気づき、レオニダは怖気《おぞけ》立った。全身に慄《わなな》きから来る悪寒と鳥肌が広がっていく。抑えることはできなくて、むき出しの二の腕をさする。

「どうとでもなるということか」

「御意《ぎょい》に」

頭を垂れたまま、ヴィルジリオは微動だにしない。

「わかった」

大公は無造作に腕組みを外すと、上着の裾を捲り、腰に添えていた短剣を抜いた。

レオニダはぎょっとして身を乗り出した。大公がヴィルジリオを斬りつけたりするような ら身を挺《てい》して庇おうと思った。

だが、大公は刃をヴィルジリオに向けることなく床に放り投げる。からーんと乾いた音をたてた短剣は滑るようにヴィルジリオの靴先で止まった。

ヴィルジリオも驚いて顔を上げる。足元の短剣と大公を交互に見る。

大公がふっと鼻で笑う。

「ならば死ね」

「……閣下」

「そ、そんなっ！」

レオニダは愕然として、膝から崩れ落ちた。大公がヴィルジリオを傷つけるならなにがあっても守るつもりでいるのに、いざとなると萎縮して動けない。恐ろしさに負けてしまう。だが、動揺するレオニダの傍らで、ヴィルジリオはあくまでも冷静だった。整いすぎた眼差しをまっすぐに大公に向けている。

「それは、本当の意味での死ですか？　それとも社会的な意味ですか？」

「両方に決まっている」

当然だと言わんばかりに吐き捨てて、大公はどかりとソファに腰掛けた。

「おまえが死ねばしばらく社交界は騒然とするだろうがな。ファンも多いようだし。まあ、家柄は大したことはなくとも、その美しい容姿は素晴らしい華だった。ご苦労であった、カルレッティ侯爵」

大公は嘲笑に顔をひしゃげさせて足を組む。

「美しい男は女で身を持ち崩すものだな。残念だ」

「……ご期待に添えず、申し訳ございませんでした」

ヴィルジリオは低く抑えた声で、だが、妙に通る鋭さも交ぜ込みながら毅然と言い切った。

大公も威圧されたように、急に表情を硬くした。

「おまえなどになにかを期待したことはない。増長するな。世辞だ」

大公が慌てて苛々と声を荒らげる。

「申し訳ありません」

ヴィルジリオは冷静さを保ち続け、また頭を下げた。

「閣下、最後にふたつだけお願いがございます。私の命を懸《か》けた願いとしてお聞き届けをいただけますか」

「内容によるな」

大公は組んだ膝先で頬杖《ほおづえ》をつきながら、なんとか取り戻した余裕を見せつけるような薄ら笑いを浮かべる。

「ご迷惑をおかけするような内容ではありません」

「言ってみろ」

「ありがとうございます」

ヴィルジリオは微かに首を上下させてから、しなやかな動きで短剣に手を伸ばす。

(……侯爵さま、やめて。そんなものを持たないで)

抱きついて、大声で制止したいのに、身体が動かない。声にもならない。さっきヴィルジリオに手のひらを剥がされてから少しずつ硬直がはじまっていたらしい。大事なときに役に立たない。

「……いま、私の傍らにいるレオニダ・アプレーア嬢に、私亡き後、どのような手出しもなされませんように……彼女は事実上の私の妻ですから」

「なるほど。かまわん。こんな女に興味はない。心配をするな」

大公はわざとらしい鷹揚を演じて頷く。

「……妻……なんて畏《おそ》れ多いことを。私にそんな資格などありません」

「いや、あなたは私の妻だよ」

ヴィルジリオは微かにレオニダを見た。背筋に鳥肌が立つほどに優しい。

「いえ、いえ……っ、私は侯爵さまのための娼婦に過ぎません。それ以上は望みません。充分すぎるんですっ！」

レオニダは慌てて首を大きく左右に振った。

ヴィルジリオはレオニダの目尻に軽くくちづけると、改めて毅然と大公を見据えた。

「それでもうひとつはなんだ？」

「はい……やはりアプレーア嬢のことです」

「またその娘のことか。本当に女で終わるのだな」

「いまの私に他の気がかりはありません」

ヴィルジリオは揺るぎなく言い放つと、短剣を握り締める。

本気で死ぬつもりでいるのか。この場を収めるための演技ではないのか。

「彼女に、侯爵家の資産を残してやりたく思いますが、書類が成立していませんので難しい部分があるかと思います。私に肉親はもうおりませんが、違うところから反対の声もあがる可能性があります。その点に閣下からのお口添えをいただきたく存じます」

「それも容易いな。やってやる」

「ありがとう、ございます」

ヴィルジリオは深い安堵の息をついた。

「安心いたしました。これで心おきなく逝《い》けます。ご迷惑をおかけいたしました。不肖の臣下をどうぞお許しください」

その言葉が終わった途端、短剣の鞘《さや》が放り出され、白刃《はくじん》に冷たい光が閃いた。どう動いたかわからないうちに真紅の飛沫《しぶき》が飛び散った。

「……っ……ひ、ぁ、や……いやぁあああっ、侯爵さまぁあっ」

硬直して機能しなくなっていた咽喉からヒステリックな悲鳴が迸《ほとばし》った。

「ば、馬鹿が！　本当にやらずとも！」

大公は焦燥に塗れて、転げるようにして客間を出ていった。縺れるような靴音が遠ざかっていく。

倒れ込んだヴィルジリオの周囲に取り返しがつかないほどの鮮血が広がる。美しい眼差しは閉ざされ、微動だにしない。

「いやっ、いやっ、いやっ、侯爵さまぁあああああっ！」

自らの絶望的な悲鳴の激しさに、レオニダの中のなにかが決壊した。

分厚い幕に覆われて、押し潰されていた感情が一気に押し寄せてくる。

愛している。

ヴィルジリオへの想いは崇拝でも敬愛でもない。ごく普通の女としての愚かしいくらいの愛情だ。どんな扱いを受けても、醜いほどの肉欲を教え込まれても、娼婦にされても、離れられなかったのは、小難しい角張った感情ではなく、単純に愛していたからだ。女として、男であるヴィルジリオが欲しかったからだ。

「侯爵さまぁぁ！　死なないで！　死んではいやぁ！　私、こんなに愛しているんです！　もう一度私を愛しているとおっしゃって！」

レオニダは倒れたままのヴィルジリオに縋りついた。

第十二章　大切なひと

窓の外は今日も雨。

これで五日連続降り続けている。

雨の日は嫌いじゃない。嫌なことも素敵なことも雨音に消されていくような気がするから。

すべて雨が洗い流してくれると思えるから。

レオニダは雨粒が打ちつける窓を見上げ、ストールを肩にかけ直す。

「少し冷えますね。温かいスープをお願いしてきましょうか？」

部屋の隅で洗濯物を畳んでいたミーナが声をかけてくる。

「いえ。大丈夫よ。ミーナが冷えるのならもらっていらっしゃい」

「とんでもない！　レオニダさまがいらないのに私がいただけるわけがないです」

ミーナは大袈裟なくらいにぶるぶると頭を左右に振った。

「そんなに振ったら首がもげちゃうわ」

レオニダは軽やかに笑って窓辺から離れる。ミーナの傍に歩み寄り、畳み終えた洗濯物を籠に収めていく。

「やめてください。こんなこと手伝っていただいたら」

「手伝ってほどのことじゃないでしょう?」

レオニダは何枚目かの洗濯物を鼻に近づけ、匂いを嗅いでみる。あまり残り香はないようだ。少なくとも気にはならない。シミのほうも随分薄くなっている。

「まだ使えるわね」

「ちゃんと洗濯していますもの」

「本当に助かるわ」

「当然のことです」

ミーナは少し誇らしげに見えた。

使用人を最小限にしたから、ミーナに負担がかかっていると思うのに、ちっとも文句を言わずにこにこと楽しげに働いている。ここでの仕事が好きなのだと、いつもミーナは言う。ありがたかった。

その言葉に、レオニダは甘えてばかりだ。

「この雨の中悪いのだけれど、お薬をいただきに行ってもらえないかしら」

「あ、はい。行ってきます。これくらいの雨どうってことないですよ」

最後の洗濯物を畳み、籠の一番上に重ねてから、ミーナがぴょこんと立ち上がる。

「いつもごめんなさいね」

「それ言わないでくださいって何度も言っていますよね。私はレオニダさまのお役に立つのが嬉しいんですから」

また甘えてしまった。

颯爽《さっそう》と部屋を出ていくミーナを見送り、レオニダはちょっと自己嫌悪に陥る。誰かに頼らなければ立っていられない。強がっても限界がある。申し訳なくて泣きそうになってしまう。

そのとき、少し遠くでベルの音がした。

はっとして、レオニダは潤みかけた目尻を払い、部屋を出る。ドアを開けたままの斜向《はすむ》かいの部屋に駆け込む。

「なにかありましたか？」

窓際に置いた大きなベッドとソファーセット。それだけの部屋。それ以外いらない部屋というべきか。

レオニダはベッドに歩み寄ると、横たわる人を優しく窺った。

真っ白な布団に包まれた美しい眼差しが穏やかにレオニダを見つめ、唇の動きだけで「おはよう」と告げる。

「はい、おはようございます」

答えて、レオニダも微笑む。

ベッドの中の人は手さぐりで枕元の紙とペンを引き寄せる。声を失ったこの人とは、簡単な言葉は唇の動きで、それ以外は筆談で会話を交わす。聞こえないわけではないからレオニダからの返事は声でいい。

『今日も雨だね』

綺麗な文字が綴《つづ》られる。

「私は雨は嫌いじゃないんです。だからもっと降り続いてもいい」

『私もそう思うことがある。全部流れてしまえばいいのにとよく考える』

「私もです」

レオニダは微笑みをたたえたまま、静かに頷く。

ベッドの中の人の微笑みも濃くなる。本当に美しい人だから、こんな表情にはいつも見惚れてしまう。

あのときに、頬の下のほうに少し傷が残ったが、美しさを損なうほどではなかった。どんな醜い傷痕《きずあと》もこの人を壊しはしないのだ。

『あなたと私はとてもよく似ているね』

「嬉しいです」

丁寧に綴られた文字に返事をする時間がいまは一番幸せだった。身を寄せ合って生きていると思える。

「いま、ミーナがお薬をいただきに行っていますから、包帯を替えるのはそれからにしましよう」

『この雨の中行ったのか？』

文字だけなのに、ミーナを気使っているのがわかる。優しい人だから伝わってくる。

「あの子は本当に働き者です」

答えながら、レオニダは優しい文字の持ち主を見やった。美しい眼差しにはまだ心配そうな翳りが揺れている。レオニダ以外のことをこんなに案ずることに、少しだけ嫉妬してしまう。ミーナに対してなにか感情を持っているわけではないとわかっていても、やはり他の女性を見て欲しくはない。

この人が生死の境をさまようほどの大怪我を負ったとき、美しさに群がっていた貴婦人たちの誰ひとりとして見舞いにすら来なかった。大公とのひと悶着《もんちゃく》の結果の重傷だと知れ渡っていたから、皆が距離を取ったのだろう。大公の逆鱗《げきりん》に触れる可能性があることをわざわざするのは賢い選択ではない。貴族の生きる知恵というやつだ。

(私ならこの人を選ぶけれど……)

レオニダはうっとりとベッドに横たわる美しい人を見つめる。もうレオニダだけの人だ。

『可哀想《かわいそう》に。一日くらい包帯を替えなくてもかまわないんだから、雨が上がってからでよかったんじゃないかな』

優しい文字はまだミーナを気にしている。なんだかとても悔しい。この人はレオニダが雨の中に出かけたとしたら、こんなに心配してくれるだろうか。

「ミーナのことばかり心配されたら、私とても嫉妬してしまいます。侯爵さま」

レオニダは媚びるように言って、ペンを持つ人――ヴィルジリオの手を両手で包み込んだ。


あれだけの出血をしながらもヴィルジリオは死ななかった。

代わりに咽喉から頰の下にかけて大きな傷ができ、声を失った。声帯が壊れたわけではないが、もしかしたらまた発声できるようになるかもしれないし、二度と出ないままになる可能性もあるし……本当にわからないと医者にも言われている。

声帯に問題がないのなら希望は持てるけれど、レオニダはこのままでもかまわないと思っている。たぶんヴィルジリオもだろう。

大公と揉めた後、すぐに地位をふたつ降格すること、侯爵家の領地を辺境の地に移すとの通達があった。

まだヴィルジリオが意識を取り戻さずにいたときだった。生きるか死ぬかの状態なのに、なんて冷たい仕打ちをするのだろうとレオニダは怒りを覚えたが、目を覚まして通達内容を聞いたヴィルジリオは他人事のようにひどく冷静だった。なにもかもすべてなくす覚悟もあったようだった。大公相手にあんな騒動を起こして、この程度で済めば温情采配ということらしい。

侯爵家を取り巻く環境は大きく変わる。ヴィルジリオが再び野望を抱いたところでどうにもならないくらいに。

領地そのものは形式上は広くなったが、雨ばかり多く、なんの収入源にもならない貧しい場所だった。生活も切り詰め、必要のない贅沢なものは売り払い、使用人たちもだいぶ首を切らねばならなかった。もちろん別荘も売りに出したが、騒動の現場ということもあって安く買い叩かれた。

もとの屋敷から移動する際、ヴィルジリオからは出ていって自由に生きるように言われたが、レオニダは「私は絶対に離れない」と言って彼に抱きついた。大公の前では「妻だ」などと言っていたが、ヴィルジリオは端からレオニダを留め置くつもりなどなかったのだ。

レオニダはヴィルジリオになんと言われても断固として別れることを拒んだ。まだ傷の癒えないヴィルジリオに強くしがみついた。ヴィルジリオも結局は折れて、優しく抱き締めてくれた。

——あれを乗り越えたのだから、私たちはもう誰にも引き離せない。

ミーナが受け取ってきた薬をヴィルジリオの傷痕に塗り込め、ガーゼを宛てがい、包帯を巻き直す。日課になってしまったから、だいぶ器用にこなせるようになった。

完全に傷が乾き、包帯も薬もいらなくなるまで、まだ少しかかりそうだ。何度見直してみても、素人《しろうと》にでも傷痕が確実に残るとわかるものだったけれど、服のデザインを選べば多少隠すこともできるだろう。

ヴィルジリオは唇の動きでありがとうと告げてくれる。

「どういたしまして」

外した包帯とガーゼをぐるっとまとめて立ち上がろうとするレオニダの手を握り締め、引き戻す。

「どうしました?」

レオニダの問いに、ヴィルジリオは筆談用の紙を掴む。珍しく乱れた文字で『いまとてもあなたが欲しい。駄目か?』と綴る。

「駄目ではありませんけれど……痛みませんか?」

その質問にヴィルジリオは強く頷いて、レオニダの身体を抱き寄せる。

切ないほどの熱い吐息が頰を滑り、唇が重なる。ゆるゆると舌が入り込んでくる。

「ん、ん……」

久しぶりの甘く深いくちづけを互いに貪り合い、ベッドに縺れ落ちる。

ヴィルジリオはレオニダに覆い被さって、さらに唇を貪ってくる。レオニダはヴィルジリオの背中に腕を絡ませる。

キスを続けたまま、ヴィルジリオはレオニダのドレスの肩紐を下ろす。手のひらで引き下ろし、乳房に触れた。やわらかに手のひらで円を描くように撫で回す。先端の粒が擦られ、ぷくんと膨らむのがわかった。

「あ、ん……ぁっ」

懐かしい快感がざわざわと広がって、背筋が震える。

もうこれだけで蕩けそうなほど気持ちがいい。

レオニダはヴィルジリオの熱っぽい重みを全身で受け止められるだけで幸せだった。

くちづけをほどくと、ヴィルジリオは微かに笑んで、乳房の先端を吸い、舌を這わせた。ぞくぞくするような悦びが這い上がってくる。

「ぁあ、は……っ、あっ」

幸せすぎて、なにもかもが崩壊していくほどの恍惚に包まれて、レオニダはヴィルジリオにしがみつく。巻き直したばかりの包帯の感触が頬に触れる。癖のある塗り薬の匂いさえ愛おしい。

その力をどう感じたのか——少しは愛おしく思ってくれているのか、ヴィルジリオの愛撫が強くなる。ぴちゃっと水音が跳ねるように舌が動く。

「あ、あ……あっ、っあ……」

レオニダは身体をしならせる。ヴィルジリオの愛撫はどんどん激しくなるけれど、常に優しさを残している。自分の欲望よりもレオニダの快感を重視してくれている動きに、幸せが込み上げてきて、涙がこぼれた。喘ぎではなく嗚咽が漏れる。

それに気づいて、ヴィルジリオが顔を上げる。胸の先の粒に這わせていた舌が離れる。ヴィルジリオが身体を起こして、レオニダを覗き込む。唇の動きだけで「大丈夫か？」と問うてくる。こぼれる涙を指先で拭ってくれた。

もうそれだけでよかった。これ以上の幸せも喜びもない。

ヴィルジリオが拭ってくれた後からも涙が溢れてしまう。

『どうして？』

ヴィルジリオの唇が蠢く。

「……嬉しくて」

レオニダの答えの意味が理解しにくいのか、ヴィルジリオは訝しそうに眉を顰めた。

「ごめんなさい。大丈夫だから」

たぶんどう伝えてもレオニダの本心は正確には伝わらない。レオニダがヴィルジリオに愛されて大切にされて幸せなのだとはわかって欲しいけれど、無理には望まない。傍にいるのだから、いつか自然にわかってくれればいい。

「本当に大丈夫ですから。ごめんなさい」

嗚咽交じりにレオニダが謝ると、長くしなやかな腕がくるむように上半身を起こし、やわらかに、だがとてもとても強く抱き締めてくれた。

また幸せを実感して、涙が頬を伝う。

止まらない涙と嗚咽を案じるように、ヴィルジリオがレオニダを包む。胸が温かい。頬に感じる鼓動が心地よい。

レオニダが泣き濡れた瞼を閉じるタイミングに合わせるみたいに、ヴィルジリオの指先が背中を滑った。ただひたすら円と波形を描いているような動きに、なんの意味もないものだと思ったけれど、繰り返されているうちに文字だとわかった。左の肩甲骨から尾骨のほうへ斜めに落ちていく言葉……。

「え……」

意味に気づいて、ぞくりとする。

レオニダは上目使いにヴィルジリオを見つめた。やわらかい微笑みを浮かべたヴィルジリオの眼差しと絡み合って、しっかりと結ばれる。

「……もう一度……もう一度だけ書いてください」

レオニダはせがむ。ヴィルジリオは嫌な顔ひとつせず、またレオニダの背中に指を走らせた。

――Ti《ティ》 amo《アーモ》……

ヴィルジリオは同じ言葉を二度書いた。背中を滑る指先が優しい。

(Ti amo……あなたを愛している……侯爵さま……)

大切な言葉をこんなふうに聞かされて、嬉しくない女がいるだろうか。

レオニダはヴィルジリオの背中に腕を回し、寝巻の胸に頬を埋めた。ぬくもりと鼓動と塗り薬の匂い。すべてがヴィルジリオのものだ。愛しくてたまらない宝物だ。

「……私も。侯爵さま、私もあなたを誰よりも愛しています」


気がつけばふたりとも全裸だった。身につけているものはヴィルジリオの咽喉の傷口を保護する包帯のみ。

互いに隠すところなどなにもない。

ヴィルジリオはレオニダの唇を数回小刻みに啄んで、手のひらを身体へと滑り下ろす。乳房の形をなぞり、肉の薄い腹を這い、とっくに濡れている茂みを掻き分ける。

「んっ……っ」

微かに触れられただけで身体中が震える。

中指と薬指がレオニダの淫らな肉壁を割り開き、敏感な中へと入り込む。ぷちゅりと熟した果実を押し潰すような音がして、悦びに貪欲な粘膜を擦り上げる。

「あ、ふっ……ぁあっ……あっ」

痛いほどの快感にレオニダはしどけなく仰け反った。

じっくりと一番感じる部分をほぐされて、腰が砕ける。

もう気持ちよくなることしか考えられない。ヴィルジリオのなにもかもすべてが欲しくて、いやらしい箇所が蜜をこぼす。

「あ、あっ……い、い……ぁ」

ヴィルジリオの指先の動きが激しくなっていく。粘りつく水音が快楽に絡みつく。昂ぶって頂点を探す。たどり着きたいけれど、もっと愛撫されてもいたい。

そう。

もっと欲しい。

快楽も苦痛も、恍惚も切なさも、悦びも淫猥さも。ヴィルジリオが与えてくれるものはなにも逃したくない。

「侯爵さま……好き、好き……気持ちいいの」

レオニダは快楽から振り落とされまいとヴィルジリオにしがみつく。ヴィルジリオの指が深く押し入る。蜜が内腿を濡らす。

「あ、あっん……いい……ッ……んっ」

その瞬間、とてつもなく巨大な恍惚の波が押し寄せてきて、レオニダを押し潰した。

達しきったレオニダの足の付け根にくちづけを落として、ヴィルジリオはレオニダの腿の間に腰を押し込む。

絶頂の後の快楽に塗れた身体はあっさりとヴィルジリオを受け入れた。

「う……ぁあ……」

レオニダは繋がりのはじまりに歓喜の吐息をあげ、改めてヴィルジリオの首筋に腕をかける。強く抱きつく。

『愛しているよ』

また唇の動きだけで囁いて、ヴィルジリオは一度大きく腰を引く。滾った肉欲が完全に抜けるぎりぎりまでレオニダの身体から出て、またぐうっと奥深く侵入していく。

「ああっ……ッ」

強烈な衝撃にレオニダは腰を浮かせ、半分に折れてしまいそうなほど身体を反り返らせた。

淫靡な悦びが巻き起こす痺れと震えはいままで経験した中で最も激しい。

気持ちがよすぎて心の箍が外れた。

ヴィルジリオはたっぷりと蜜に濡れながら、抽挿をはじめる。レオニダの快楽を突き上げるたびにぐちゅっと粘つく。

「あっ、あっ、あぁっ、あっ……あっ」

レオニダは小刻みに切なく喘ぎ、淫らな高みへ追い立てられるような感覚にすすり泣く。

ヴィルジリオが一際深くレオニダを穿ち、ぐるりと腰を回した。

「ひっ……ぁあぁっ、あぁあああああっ」

狂気にも似た悦楽に、レオニダは全身を震わせて、断末魔じみたか細い悲鳴をあげた。


眠りから覚めて、身体を起こそうとすると、ヴィルジリオに背中から抱き締められた。背中にほどよい熱と規則的な鼓動が当たる。

欲望に任せて貪り合う快楽も好きだけれど、こんな優しいぬくもりはもっと好きだ。何度も告げられた「愛している」が流れ込んでくるみたいで、とてつもなく幸せな気分になる。性行為とは逆の位置にある恍惚だ。

起き上がるのを諦めて、レオニダはヴィルジリオのぬくもりの中にすっぽりと埋まる。すると、目の前に便箋《びんせん》が一枚差し出された。

なにごとかと振り返ろうとすると、やわらかな手のひらで押し戻される。こちらを見ずに読めと言うことらしい。

レオニダは便箋を受け取って、視線を走らせた。

はじめてもらうヴィルジリオからの手紙。あまり語彙《ごい》の多くないレオニダに合わせて、簡単な単語が並んでいる。

『大切なレオニダ
私が無茶をしたせいでたくさんの苦労と迷惑をかけて、申し訳ない。
でも、私はあなたを絶対に失いたくはない。
あなたが私をいつか嫌になるときまで、どうか傍で支えていて欲しい。
貴族であることが邪魔をして、あなたを正式な妻にはできず、心細い思いをさせると
は思うけれど、私は決してあなた以外を愛さない。
信じてついてきて欲しい。

愛している。

ヴィル』

強靭《きょうじん》なまでにまっすぐで、激しく熱い恋文。ヴィルジリオの想いの強さが狂おしいまで
に伝わってくる。
嬉しくて、嬉しすぎて。
幸せすぎて、また涙が溢れてくる。

こんな手紙を渡されて、泣くなというほうが無理だ。

レオニダは便箋を胸に押しつけて、勢いよく振り返った。

「侯爵さま、ありがとうございます。私、嬉しくて……こんな幸せていいのか……」

込み上げてくる涙に負けて、声が詰まる。言いたいことの半分も言葉にできないまま、レオニダはヴィルジリオの胸に顔を埋めた。ヴィルジリオが優しく背中を撫でてくれる。その確かな温かさ。

愛おしくて、大切で。

幸せで苦しくなる。

「本当に、本当に私も愛しています。侯爵さま」

でも、やはりヴィルジリオの目を見て伝えたくて、レオニダは顔を上げた。ヴィルジリオに視線を掬《すく》い上げるように見つめ返されて、それだけでもぞくぞくしてしまう。言葉だけでなく、本心から愛している相手なのだと思い知る。

ヴィルジリオはわかっているからと言いたげな穏やかさで頷く。

そして、いつの間に書いたのか、すでに書いてあって最初から時間差で渡すつもりだったのか、ヴィルジリオはもう一枚の便箋をレオニダに差し出した。

レオニダは数回瞬いてから受け取って、そこに綴られた文字を読んだ。一枚目同様簡単な単語だけで書かれている。

『もう「侯爵さま」ではなく、名前で呼んで欲しい。
ヴィルジリオでもヴィルでもヴィリーでもいいから』

レオニダは戸惑いを込めてヴィルジリオを見る。どんなに近しくなり、愛を語り合ったとしても、ヴィルジリオは出逢いからずっと「侯爵さま」であり、これからもたぶんずっと「侯爵さま」であり続ける。急に呼称を変えるのは難しい。

『そう、呼んで』

見上げた先でも形よい唇が名前で呼ぶことをせがむ。

でも、やはり無理だ。よほど意識していなければ、「侯爵さま」呼びに戻ってしまうだろう。

『急がないから』

ヴィルジリオの唇が、レオニダの内心を察したように動く。

ここまで言われて、できない、無理だと突っぱねるのはおとなげない。努力してみればいい。意識して変えて、少しずつ癖をつける。ぎこちなくても、ふたりで前に進んでいくためだ。やらずにできないと言ってはいけない。

娼婦になれと言われた頃には、今日のこの愛しい感情は想像がつかなかったのだから、なにが起こるかわからない。

「……わかりました。頑張ってみます」

レオニダは二枚の便箋を抱き締めて笑顔を浮かべる。視線の先にいるヴィルジリオも微笑んでいる。

レオニダがヴィルジリオを名前で呼べるようになったら、この微笑みはもっとほぐれるだろうか。だとしたら、その顔を見てみたい。

『楽しみにしている』

ヴィルジリオの唇が綺麗に動く。

レオニダは「はい」と答えて、ヴィルジリオの胸に頰を預けた。

あとがき

はじめましての方も、何度かお会いしている方も、手に取ってくださってありがとうございます。

いつものことながら、皆さまへの感謝で月まで飛んでいけそうな稀崎です。

前作以上に色っぽいシーン増量&背徳感を狙って書かせていただきましたが、ヴィルジリオとレオニダの関係に、皆さまがどきどききゅんきゅんしてくださっていたら！

これ以上の幸せはありません。そして、ちょっとでもいいからご感想いただけたら嬉しいです。

この本の発売は、前作同様、東京以外のどこかの地で、大好きな人を見つめて、心臓が痛くなったり、胃がちぎれそうになったりしながら迎えている予定です。

できれば北の大地がいいなぁ（「寅さん」稀崎のつぶやき）。

今年は夏前にすでに四回も海を越えて北の大地に降り立っているおばかさんですが、

行った分だけ素敵な出来事が起こるので、たぶん年内にあと五、六回は行ってしまうと思われます。

でも、でもっ！

そんなおばかノーテンキ旅から戻ったら、さほど遠い先ではないいつか、どこかで皆さまとお会いできますことを心から願っています。

書店の片隅で見つけたら、しょうがないから読んでやるか〜〜と思っていただけますように。

最後になりましたが、イラストを担当してくださった大好きな氷堂れん先生、今回もやはりご迷惑ばかりだった担当さま、本当に本当に本当にありがとうございました！

すべての皆さまに改めて、さんきゅーです。

稀崎　朱里

稀崎朱里先生、氷堂れん先生へのお便り、
本作品に関するご意見、ご感想などは
〒101-8405
東京都千代田区三崎町2-18-11
二見書房　ハニー文庫
「秘蜜調教」係まで。

本作品は書き下ろしです

Honey Novel

秘《ひ》蜜《みつ》調教《ちょうきょう》

【著者】稀崎朱里《きざきあかり》

【発行所】株式会社二見書房
東京都千代田区三崎町2-18-11
電話　03(3515)2311[営業]
　　　03(3515)2314[編集]
振替　00170-4-2639
【印刷】株式会社堀内印刷所
【製本】ナショナル製本協同組合

落丁・乱丁本はお取り替えいたします。
定価は、カバーに表示してあります。

ISBN978-4-576-15138-0

http://honey.futami.co.jp/

甘くとろける蜜の恋☆濃蜜乙女レーベル
Honey Novel
征服者の花嫁
多紀佐久那
ウエハラ蜂